苏辛词说

顾随◎著

人民文学出版社

图书在版编目(CIP)数据

苏辛词说/顾随著.
—北京:人民文学出版社,2020(2022.1重印)
(恋上古诗词:版画插图版)
ISBN 978-7-02-014504-1

Ⅰ.①苏… Ⅱ.①顾… Ⅲ.①宋词-诗词研究 Ⅳ.
①I207.23

中国版本图书馆CIP数据核字(2018)第190200号

责任编辑 **朱卫净 吕昱雯**
装帧设计 **李 佳**

出版发行 **人民文学出版社**
社 址 **北京市朝内大街166号**
邮政编码 **100705**

印 刷 **山东临沂新华印刷物流集团有限责任公司**
经 销 **全国新华书店等**

开 本 **890毫米×1240毫米 1/32**
印 张 **4.25**
插 页 **1**
字 数 **90千字**
版 次 **2020年9月北京第1版**
印 次 **2022年1月第2次印刷**

书 号 **978-7-02-014504-1**
定 价 **35.00元**

目录

稼轩词说

东坡词说

稼轩词说

词　目

上　卷

下　卷

词　目 后记

去岁拟说稼轩词时，选词既定，曾有记如右。比莘园抄来，竟不曾说。今日再阅一过，回想尔时胸中所欲言者俱已幻灭，如云如烟，不可追求。但约略记得，其时颇有与诸家理会一向之意。今所写，则极力避免与前人斗口，若其间有不合则固然耳，与去岁无以异。吾甚幸去岁之不曾说，省却多少口舌是非。吾又甚悔去岁之不曾说，事过境迁，遂致曾无踪迹可证吾之学力与识力有无进益也。旧说既无有，而今吾所说又稍稍异前所见，又旧所选。不曾分卷，今厘而二之，上卷多飞动之作，下卷所选稍较恬静。又于下卷中弃《临江仙》“金谷无烟”一首、《鹧鸪天》“晚日寒鸦”一首、“有甚闲愁”一首。而补以今之《青玉案》《感皇恩》《清平乐》。则旧记本可不存。而仍存之者，敝帚自珍之外，意者小小意见，或亦有可供二三子参会处耶。自吾初著笔为此“说”，时在中伏，日长天暑，今虽立秋，仍在三伏，秋老虎之馀烈，犹未稍减。吾之病躯虽较旧时为健，而苦思久坐，头之眩，腰之楚，亦屡屡迫我停笔卧床。至于挥汗如雨，倦目生花，可无道矣。吾写至此，《词说》真将卒业矣。虽曰自喜，终竟惭愧。圜悟和尚问其弟子宗杲曰：“达摩西来，将何传授？”杲曰：“不可总作野狐精见解。”又问：“据虎头，收虎尾，第一句下明宗旨。如何是第一句？”杲曰：“此是第二句。”吾今兹之“词说”，其皆野狐精见解与第二句乎？卅二年八月十二日记于净业湖南之倦驼庵。

自　序

苦水曰：自吾始能言，先君子即于枕上口授唐人五言四句，令哦之以代儿歌。至七岁，从师读书已年余矣。会先妣归宁，先君子恐废吾读，靳不使从，每夜为讲授旧所成诵之诗一二章。一夕，理老杜《题诸葛武侯祠》诗，方曼声长吟“遗庙丹青落，空山草木长”，案上灯光摇摇颤动者久之，乃挺起而为穗。吾忽觉居室墙宇俱化去无有，而吾身乃在空山中草木莽苍里也。故乡为大平原，南北亘千余里，东西亦广数百里，其地则列御寇所谓“冀之南汉之阴，无陇断焉”者也。山也者，尔时在吾亦只于纸上识其字，画图中见其形而已。先君子见吾形神有异，诘其故，吾略通所感。先君子微笑，已而不语者久之，是夕遂竟罢讲归寝。吾年至十有五，所读渐多，始学为诗，一日于架上得词谱一册读之，亦始知有所谓词。然自是后，多违庭训，负笈他乡。二十岁时，始更自学为词。先君子未尝为词，吾又漫无师承，信吾意读之，亦信吾意写之而已。先君子时一见之，未尝有所训示，而意似听之也。顾吾其时已知喜稼轩矣。世间男女爱悦，一见钟情，或曰宿孽也。而小泉八云说英人恋爱诗，亦有前生之说。若吾于稼轩之词，其亦有所谓宿孽与前生者在耶？自吾始知词家有稼轩其人以迄于今，几三十年矣。是之间，研读时之认识数数变，习作之途径亦数数变，而吾每有所读，有所作，又不能囿于词之一体。时而韵，时而散，时而新，时而旧，时而三五月至三五年摈词而不一寓目，一著手。而吾之所以喜稼轩者或有变，其喜稼轩则固无或变也。意者稼轩籍隶山东，吾虽生为河北人，而吾先世亦鲁籍，稼轩之性直而率，戇而浅，故吾之才力、之学识、之事业，虽无有其万之一，而性习相近，遂终如针芥之吸引，有不能自知者耶。噫，佛说因缘，难言之矣。然自是而交好多目余填词为学辛，二三子从余治词者亦或以辛词为问，而频年授书城西校中，亦曾为学者说《稼轩长短句》。一九四一年冬，城西罢讲，是事遂废。会莘园寓居近地安门，与吾庐相望也，时时过吾谈文。一日吾谓平时室中所说，听者虽有记，恐亦难免不详与失真。莘园曰："若是，何不自写？"吾亦一时兴起，乃遴选辛词二十首，付莘园抄之。此去岁春间事也。然既苦病缠，又疲饥驱，荏苒一载将半，始能下笔，作辍二十余日，终于完卷。亦足以自慰，足以慰莘园，且足以慰年来函询面问之诸友也。夫说辛词者众矣，吾尝尽取而读之，其犁然有当于吾心者，盖不数数遘。吾之说辛，吾自读之，亦自觉有稍异夫诸家者。吾之视人也既如彼，则人之视吾也，其必能犁然有当于心也耶？彼此是非，其孰能正之？虽然，既曰说，则一似为人矣。吾之是说，如谓为为人，则不如谓为自为之为当。此其故有三焉。其一，吾二十余年来读辛词之所见，零星散乱，藉此机缘，遂得而董理之。其二，吾初为上卷时，笔致甚苦生涩，思致甚苦艰辛，情致甚苦板滞，及至下卷，时时乃有自得之趣。其三，吾平时不喜为说理之文，于是亦得而练习之。为人之结果若何，吾又乌能知之，若其自为，则吾已有种豆南山之感矣。胜业虽小，终愈于无所用心耳。或有谓既以自为而非为人，又何必词说之为？曰：既非为人而以自为，又何不可为词说也？陶公诗时时言酒，而人谓公之意不在酒，藉酒以寄意耳。夫其意在酒，固须言酒；若其意不在酒，而陶公之诗乃又不妨时时言酒也。且夫宇宙之奥，事物之理，吾人其必不能知耶？苟其知之，吾人又必能言之耶？孔子为天纵之圣，释迦为出世之雄，是宜必能知矣。孔子循循善诱，诲人不倦，而曰："予欲无言。"释迦在世，说一大藏教，超度众生，而曰："若人言如来有所说法，即为谤佛。"以圣人与大雄，尚复如是，则说之难欤？抑说之无益欤？月固月也，人不识月，而吾指以示之，则有认指为月者矣。水固水也，析之为氢二氧，无毫发虚伪于其间也，说之确当无加于是矣。然既氢二氧矣，又安在其为水也？若是夫说之难且无益也。孔子与释迦所说者道，而今吾所欲言者文。道无形而文有体，则说道艰而说文易。古来说文之作，吾所最喜，陆士衡《文赋》，刘彦和《雕龙》，是真意能转笔，文能达意者。然士衡曰："是盖轮扁之所不得言，故亦非华说之所能精。"又曰："盖所能言者，具于此云尔。"则有欲言而不能言者矣。至刘氏之《文心雕龙》，较之《文赋》，加详与备。然其《序志》亦曰："虽复轻采毛发，深极骨髓，或有曲意密源，似近而远，辞所不载，亦不胜数。"以二氏之才识与思力，专精于文，尚复如是，吾未见说文之易于说道也。是故知之愈多，言之愈寡；知之弥邃，说之弥艰；文之与道无殊致也。彼孔子与释迦，陆机与刘勰，皆知道与知文者也，宜其言之如是。吾于道无所知，自亦不言，至今之说辛词，词亦文也，说词亦岂自谓知文？陆氏与刘氏，维其知文，虽不能忘言，要不肯易言，故有前所云云耳。若夫苦水维其不知文，故转不妨妄言之，是亦陶公饮酒之别一引申也。夫子之言性与天道，不可得而闻。彼村氓山樵，释耒弛担，田边林下，亦间谈性天。此岂能与夫子并论？彼村氓山樵，不独无方圣人之意，亦并无自谓有知性天之心，要之，亦不能不间或一谈而已，亦更不须援刍荛之言，圣人择焉而为之解嘲也。于是乃不害吾说文，又不害吾说辛词也。而吾又将奚以说也？于古有言：文以载道。若是乎文之不能离道而自存也。然吾读《论语》《庄子》及大雄氏之经，皆所谓道也，而其文又一何其佳妙也？《论语》之文庄以温，《庄子》之文纵而逸，佛经之文曲以直、隐而显。如无此妙文，则其书将谁诵之？而其道又奚以传？若是乎道之有赖于文也。彼载道之文，且复如是，则为文之文将何如耶？古亦有言：诗心声也，字心画也。夫如是，则学文之人将如何以涵养其身心，敦励其品行乎？殆必如儒家之正心诚意，佛家之持戒修行而后可。虽然，审如是，即超凡入圣，升天成佛，于为文乎何有？且吾即将如是以说耶？则虽谈天雕龙，辨析秋毫，于说文又何有？奈学文者又决不可忽视上所云之涵养与敦励。然则如之何而可？于此而有简当之论，方便之门，夫子之忠与恕，初祖之直指本心，见性成佛是也。所谓诚也。故曰："修辞立其诚。"故曰："诚于中，形于外。"吾尝观夫古今之大文人大诗人之作，以世谛论之，虽其无关于真义之处，亦莫不根于诚，宿于诚。稼轩之词无游辞，则何其诚也。复次，文者何？文也者，文彩也。无彩，即不成其为文矣。吾之所谓文彩，非脂粉熏泽之谓。脂粉熏泽，皆自外铄，模拟袭取，非文彩也。而欲求文彩之彰，又必须于文字上具炉捶，能驱使，始能有合。小学家之论小学也，曰形，曰音，曰义。今姑借此固有之假名，以竟吾之说。曰义者，识字真，表意恰是，此尽人而知之矣。然所谓识字，须自具心眼，不可人云亦云。否则仍模袭，非文彩也。曰形者，借字体以辅义是。故写茂密郁积，则用画繁字。写疏朗明净，则用画简字。一则使人见之，如见林木之蓊郁与夫岩岫之杳冥也。一则使人见之，如见月白风清，与夫沙明水净也。曰音者，借字音以辅义是也。故写壮美之姿，不可施以纤柔之音；而宏大之声，不可用于精微之致。如少陵赋樱桃曰"数回细写"，曰"万颗匀圆"。细写齐呼，樱桃之纤小也；匀圆撮呼，樱桃之圆润也。以上三者，莫要于义，莫易于形，而莫艰于声。无义则无以为文矣，故曰要。形则显而易见，识字多则能自择之，故曰易。若夫音，则后来学人每昧于其理，间有论者，亦在恍兮惚兮、若有若无之间，故曰艰。曰要，曰易，曰艰，以上云云，就知之而言也。若其用之于文也亦然。虽然，古来大家，其亦果知之耶？要亦行乎其不得不然，不如是，则不惬于其文心而已。今吾亦既再三言之，则亦似知之矣，而吾之所作，其果能用之耶？即能用之，其果能必有合耶？吾尝笑东坡"魂飞汤火命如鸡"一句之非诗，其义浅而无致，其形粗而无文，其声则噪杂而刺耳。东坡世所谓才人也，而其为诗，乃有此失，其他作家，自宋而后，虽欲不等诸自郐以下不可得也。若夫往古之作，“三百篇”、《楚辞》《十九首》，曹孟德、陶渊明，于斯三者，殆无不合。李与杜，则有合有离矣。然其高者，亦殆无不合。今姑以杜为例。七言如“风吹客衣日杲杲，树搅离思花冥冥”，如“子规夜啼山竹裂，王母昼下云旗翻”，如“骏尾萧梢朔风起”，如“万牛回首丘山重”，五言如“重露成涓滴，疏星乍有无”，如“露从今夜白，月是故乡明”，如“云卧衣裳冷”，如“侧目似愁胡”等，皆于形、音、义三者，无毫发憾。学人有心，细按密参，自有入处，不须吾一一举也。稼轩之词，亦有合有离矣。其合者，一如老杜，即以今所选诸词论之，如《念奴娇》之“凄凉今古，眼中三两飞蝶”，如《沁园春》之“叠嶂西驰，万马回旋，众山欲东”，如《鹧鸪天》之“红莲相倚浑如醉，白鸟无言定自愁”，如《南歌子》之“月到愁边白，鸡先远处鸣”等，学人亦可自会，又不须吾一一说也。虽然，吾上所拈举，聊以供学人之反三云尔。吾非谓二家之合作即尽于是，亦非谓其有句而无篇也。即今所选辛词二十章，亦岂遂谓足以尽稼轩哉？抑吾尚有不能已于言者，凡夫形、音、义三者之为用也，助意境之表达云尔。是故是三非一，亦复即三即一。一者何？合而为意境而已。一者何？即三者而为一而已。故视之而睹其形，诵之而听其声，而其义出焉。又非独唯是也，听其声而其形显焉，而其义出焉。若是则声之辅义更重于形也。三即一者，此之云尔。且三者之合为文而彰为彩也，不可以无心得，不可以有心求。稍一勉强，便非当家。古之作者，其入之深也，常足以探其源而握其机。故能操纵杀活，太阿在手。其出之彻也，又常冥然如无觉，夷然如不屑。故能左右逢源，行所无事。于是而所谓高致生焉。吾乃今然后论高致。吾国之作家，自魏、晋、六朝迄乎唐、宋，上焉者自有高致；其次知求之，有得不得；其次虽知求之，终不能得；若其未梦见者，又在所不论也。稼轩之为词，初若无意于高致，则以其为人，用世念切，不甘暴弃，故其发而为词，亦用力过猛，用意太显，遂往往转清商而为变徵，累良玉以成疵瑕，英雄究非纯词人也。然性情过人，识力超众，眼高手辣，肠热心慈，胸中又无点尘污染，故其高致时时亦流露于字里行间。即吾所选二十首中，如《水龙吟》之"楚天千里清秋，水随天去秋无际"，《鹊桥仙》之"看头上风吹一缕"，《清平乐》之"谁似先生高举，一行白鹭青天"，皆其高致溢出于不觉中者也。义已详《说》中，兹不赘。问：既曰高致，则作品所表现，亦尝有关于作者之心行乎？曰：此固然已。而吾又将乌乎论之？且此宁须论也？且吾前此拈心画、心声时不已稍稍及之矣耶？故于此亦不复论。若高致之显于作品之中也，则必有藉乎文字之形、音、义与神乎三者之机用。是以古之合作，作者之心、力既常深入乎文字之微，而神致复能超出乎言辞之表，而其高致自出。不者，虽有，不能表而出之也。而世之人欲徒以意胜，又或欲以粉饰熏泽胜，慎已。吾如是说，其或可以释王渔洋之所谓神韵，王静安之所谓境界乎？虽然，吾信笔乘兴，姑如是云云耳。吾年来于是之自悟、自肯也，亦已久矣。即与两家所标举之神韵与境界无一毫发合焉，吾之自肯如故也。即举世而不见肯，吾之自肯仍如故也。吾之为此词说也，岂有冀于世之必吾肯也？二三子既有问，吾适有所欲言，聊于此一发之云尔。吾说而无当也，则等于大野之风吹，宇宙空虚，亦何所不容。其当也，又岂须吾说之耶。上智必能自合之；次焉者，研读创作，日将月就，必能自得之。若是者又奚吾说之为耶？下焉者，虽吾说，其有稍济耶？且四十九年，三百余会，一部大藏经，亦何尝非说？而其终也，世尊拈花，以不说说，迦叶微笑，以不闻闻。二三子虽求知心切，欲得顿悟，来相叩击，希冀触磕，吾亦已不能无言，而果能言之耶？言所以达意，而果能达耶？即达矣，二三子之所会，果为吾意耶？嗟夫，初祖西来，教外别传，直指本心。而六祖目不识丁，且谓诸佛妙理，非关文字，顾尚有《坛经》。马祖初而曰即心即佛，继而曰非心非佛；虽其言之简，固亦不能无言也。弟子大梅谓其惑乱人未有了日。宜哉。后来子孙，拈槌竖拂，辊球弄狮，极之而棒，而喝，而打地，而一指，苦矣，苦矣。吾尝推其意，盖皆知其不能言而又不能不有所表现以示来学，所谓不得已也。出家大事，如此纠纷，亦固其所。若夫词说，有何重轻。谓之说《稼轩长短句》可，谓之非只说《稼轩长短句》亦可。谓之为人可，即谓之自为亦可。谓之意专在说可，即谓之意不在说，尤大无不可。漆园老叟，千古达人，而曰呼我为牛者应之，呼我为马者应之。庄子果牛与马耶，即不呼不应，庄子之为牛马自若也。果非牛与马耶，人呼之即应之，庄子之为庄子自若也。嗟嗟，释迦有言：万法唯心。中哲亦言：贪夫殉财，烈士殉名。吾辈俱是凡夫，生于斯世，心固不能不有所系维。苟有以系维吾心，而且得以自乐焉，斯可矣。呼牛与马可应之，而名之与财，又奚以区而别之也耶？至是而吾之自序，亦将毕矣。自吾初着手为此序，未意其冗长如是。而终于如是冗长者，欲稍稍综合《说》中之言，一；欲稍稍补足《说》中之义，二；欲稍稍恢宏《说》中之旨，三也。虽然，冗长至如是，而所谓综合、补足与恢宏也者。吾自读此序一过，仍觉有欲言而未能言与夫言之而未能尽者，则亦不能不止于是矣。《稼轩长短句》自在天壤之间，读之者而好之者，会之者，大有人在，将不待吾之选之、说之、序之也。至于文则一如道。道无不在，而文亦若中原之有菽。学文之士自得之者，亦大有人在，更不需吾之说也。法演禅师谓陈提刑曰："提刑少年曾读小艳诗否？有两句颇相近：'频呼小玉元无事，只要檀郎认得声。'"吾姑抄此，以结吾序。

上卷

贺新郎

赋琵琶

凤尾龙香拨。自开元、霓裳曲罢，几番风月？最苦浔阳江头客，画舸亭亭待发。记出塞、黄云堆雪。马上离愁三万里，望昭阳宫殿孤鸿没。弦解语，恨难说。　　辽阳驿使音尘绝。琐窗寒、轻拢慢捻，泪珠盈睫。推手含情还却手，一抹凉州哀彻。千古事、云飞烟灭。贺老定场无消息，想沉香亭北繁华歇。弹到此，为呜咽。

读辛老子词，且不可徒看他横冲直撞，野战八方。即如此词，看他将上下千古与琵琶有关的公案，颠来倒去，说又重说。难道是几个典故在胸中作怪？须知他自有个道理在。原夫咏物之作，最怕为题所缚，死于句下；必须有一番手段使他活起来。狮子滚绣球，那球满地一个团团转，狮子方好使出通身解数。然而又要能发能收，能擒能纵，方不至不可收拾。稼轩此作，用了许多故实，恰如狮子辊绣球相似，上下，前后，左右，狮不离球，球

贺新郎（凤尾龙香拨）

不离狮，狮子全副精神，注在球子身上。球子通个命脉，却在狮子脚下。古今词人一到用典咏物，有多少人不是弄泥团汉。龙跳虎卧，凤翥鸾翔，几个及得稼轩这老汉来？虽然如是，尚且不是辛老子最后一着。如何是这老子最后一着？试看换头以下曲曲折折，写到“轻拢慢捻”，“推手”“却手”，已是回肠荡气；及至“一抹凉州哀彻”，真是四弦一声如裂帛，又如高渐离易水击筑，字字俱作变徵之声。若是别人，从开端至此，费尽气力，好容易挣得一片家缘，不知要如何爱惜维护，兢兢业业，惟恐失去。然而稼轩却紧钉一句：“千古事云飞烟灭。”这自然不是“曲终人不见，江上数峰青”。但是七宝楼台，一拳粉碎，此是何等手段，何等胸襟。真使读者如分开八片顶阳骨，倾下一瓢冰雪来。又如虬髯客见太原公子，值得心死两字也。要会稼轩最后一著么？只这便是。然而若认为是武松景阳冈上打虎的末后一拳，老虎便即气绝身死，动弹不得，却又不可。何以故？武行者虽是一片神威，千斤膂力，却只能打得活虎死去，不会救得死虎活来。辛老子则既有杀人刀，亦有活人剑，所以不但活虎可以打死，亦且死虎可以救活。不信么？不信，试看他“贺老定场无消息，想沉香亭北繁华歇”十五个字，一口气便呵得死虎活转来了也。

念奴娇

重九席上

龙山何处？记当年高会，重阳佳节。谁与老兵供一笑？落帽参军华发。莫倚忘怀，西风也解，点检尊前客。凄凉今古，眼中三两飞蝶。　须信采菊东篱，高情千载，只有陶彭泽。爱说琴中如得趣，弦上何劳声切？试把空杯，翁还肯道：何必杯中物？临风一笑，请翁同醉今夕。

稼轩性情、见解、手段，皆过人一等。苦水如此说，并非要高抬稼轩声价，乃是要指出稼轩悲哀与痛苦底根苗。凡过人之人，不独无人可以共事，而且无人可以共语。以此心头寂寞愈蕴愈深，即成为悲哀与痛苦。发为篇章，或涉愤慨。千万不要认作名士行径、才子习气。彼世之所谓名士才子者，皆是绣花枕，麒麟楦，装腔作势，自抬身份，大言不惭，陆士衡所谓词浮漂而不归者也。即如明远，太白，有时亦未能免此，况其下焉者乎。稼轩即不然，实实有此性情、见解与手段，实实感此寂寞，且又实实抱此痛苦与悲哀，实实怪不得他也。

此词起得不见有甚好，为是重九席上，所以又只好如此起。迤逦写来，到得“谁与老兵供一笑，落帽参军华发”两句，便已透得些子消息。老兵者谁？昔之桓温，今之稼轩也。桓温当年面前尚有一个孟嘉，可供一笑。稼轩此时眼中一个孟嘉也无。往者古，来者今，上是天，下是地，当此秋高气爽，草木摇落之际，登高独立，眇眇余怀，何以为情？所以又有“莫倚忘怀，西风也解，点检尊前客”三句，是嘲是骂，是哭是笑，兼而有之。却又嫌他忒杀锋芒逼人，所以今日被苦水一眼觑破，一口道出。直剑“凄凉今古，眼中三两飞蝶”，写得如此其感喟，而又如彼其含蓄；纳芥子于须弥，而又纳须弥于芥子。直使苦水通身是眼，也觑不破，遍体排牙，也道不出。英雄心事，诗人手眼，悲天悯人，动心忍性，而出之以蕴藉清淡，若向此等处会得，始不辜负这老汉；若一味向卤莽灭裂处求之，便到驴年也不会也。

稼轩手段既高，心肠又热，一力担当，故多烦恼。英雄本色，争怪得他？陶公是圣贤中人，担荷时则捎起便行，放下时则悬崖撒手。稼轩大段及不得。试看他《满江红》词句，“天远难穷休久望，楼高欲下还重倚”，提不起，放不下，如何及得陶公自在。这及不得处，稼轩甚有自知之明，所以对陶公时时致其高山景行之意。一部长短句，提到陶公处甚多。只看他《水调歌头》词中有云：“我愧渊明久矣，犹借此翁湔洗，素壁写《归来》。”真是满心钦佩，非复寻常赞叹。古今诗人，提起彭泽，哪个又不是极口赞叹，何止老辛一人？然而他人效陶、和陶，扭捏做作，只缘人品学问，不能相及，用尽伎俩，只成学步，捉襟见肘，百无是处。稼轩作词，语语皆自胸臆流出。深知自家与陶公境界不同，只管赞叹，并不效颦。所以苦水不但肯他赞陶，更肯他不效陶；尤其肯他虽不效陶，却又了解陶公心事。此不止是人各有志，正是各有能与不能，不必缀脚跟、拾牙慧耳。只如此词后片，忽然借了重九一个题目，一把抓住彭泽老子，大开玩笑，不但句句天趣，而且语语尖刻。即起陶公于九原，恐亦将无以自解。且道老辛是肯渊明，不肯渊明？若道不肯，明明说是高情千古。若道肯，却又请他试把空杯。不见道：只因爱之极，不觉遂以爱之者谑之。又道是："故将别语恼佳人，要看梨花枝上雨。"苦水如此说，甚是不敬，只为老辛顽皮，所以致使苦水轻薄。下次定是不敢了也。

沁园春

灵山齐庵赋，时筑偃湖未成

叠嶂西驰，万马回旋，众山欲东。正惊湍直下，跳珠倒溅，小桥横截，缺月初弓。老合投闲，天教多事，检校长身十万松。吾庐小，在龙蛇影外，风雨声中。　　争先见面重重。看爽气朝来三数峰。似谢家子弟，衣冠磊落，相如庭户，车骑雍容。我觉其间，雄深雅健，如对文章太史公。新堤路，问偃湖何日，烟水蒙蒙。

读辛词，一味于豪放求之，固不是；若看作沉着痛快，似矣，仍未是也。要须看他飞针走线，一丝不苟，始为得耳。即如此词，一开端便即气象峥嵘，局势开拓，细按下去，何尝有一笔轶出法度之外？工稳谨严处，便与清真有异曲同工之妙。笑他分豪放、婉约为两途者之多事也。

闲话且置。即如此词，如何是辛老子一丝不苟处，一毫不曾轶出法外处？看他先从山说起，次及泉，及桥，及松树，然后才是吾庐，自远而近，秩秩然，井井然。换头以下，又是从庐中望出去底山容山态。然后说到将来的偃湖。脚下几曾乱却一步。虽然苦水如是说，仍不见得不曾辜负稼轩这老汉。何以故？步骤虽然的的如此，却不是稼轩独擅，即亦不能以此为稼轩绝调。一切作家，谁个笔下又不是有头有尾，有次第，有间架？谁个又许乱说来？他人如是，稼轩亦如是。丈夫自有冲天志，不向如来行处行。且道如何又是稼轩所独擅的绝调。自来作家写山，皆是写他淡远幽静，再则写他突兀峻厉。稼轩此词，开端便以万马喻群山，而且是此万马也者，西驰东旋，踠足郁怒。气势固已不凡，更喜作者羁勒在手，故作驱使如意。真乃倒流三峡，力挽万牛手段。不必说是超绝千古，要且只此一家。但如果认为稼轩要作一篇翻案文字，打动天下看官眼目，则大错，大错。他胸中原自有此郁勃底境界，所以群山到眼，随手写出，自然如是，实不曾有心要与古人争胜于一字一句之间，又何曾有心要与古人立异？天下看官眼目，又几曾到他心上耶？虽然，是即是，终嫌他太粗生。稼轩似亦意识及此，所以接说珠溅、月弓，是即是，却又嫌他太细生。待到交代过十万松后，换头以下，便写出“磊落”“雍容”“雄深雅健”，有见解，有修养，有胸襟，有学问，真乃掷地有声。后来学者，上焉者硬语盘空，只成乖戾；下焉者使酒骂座，一味叫嚣。相去岂止千里万里，简直天地悬隔。而且此处说是写山固得，说是这老汉夫子自道，又何尝不得。写到此处，苦水几番想要搁笔，未写者不想再写，已写者也思烧去。饶我笔下生花，舌底翻澜，葛藤到海枯石烂，天穷地尽，数十页《稼轩词说》，何曾搔着半点痒处？总不如辛老子自作自赞，所供并皆诣实。读者若于此会去，苦水词说，尽可以不写，亦尽不妨写。若也不然，则此词说定是烧去始得。

满江红

稼轩居士花下与郑使君惜别醉赋。侍者飞卿奉命书

莫折荼蘼，且留取、一分春色。还记得、青梅如豆，共伊同摘。少日对花浑醉梦，而今醒眼看风月。恨牡丹、笑我倚东风，头如雪。

榆荚阵，菖蒲叶。时节换，繁华歇。算怎禁风雨，怎禁鹈鴂。老冉冉兮花共柳，是栖栖者蜂和蝶。也不因、春去有闲愁，因离别。

花下伤离，醉中得句，侍儿代书，此是何等情致。待到一口气将九十许字读罢，有多少人嫌他忒煞质直。杜少陵诗曰："黄四娘家花满蹊，千朵万朵压枝低。"杨诚斋诗却说："霜干皴枝臂来大，只著寒花三两个。"若只许他蜀中黄四娘家千朵万朵，不许他绍兴府学门前寒花霜干得么？换头自"榆荚阵"直至"怎禁鹈鴂"，虽非金声玉振，要是斩钉截铁，一步一个脚印，正是辛老子寻常茶饭，随缘生活。及至"老冉冉兮花共柳，是栖栖者蜂和蝶"，多少人赞他前用《离骚》，后用《论语》，真乃运斤成风手段。苦水却不如是说。若谓冉冉出屈子，栖栖出圣经，所以好，试问花共柳、蜂和蝶，又有何出处？上面恁么冠冕堂皇，底下恁么质俚草率，岂非上身纱帽圆领，脚下却著得一双草鞋？须看他"老

冉冉兮花共柳”是怎的般风姿？“是栖栖者蜂和蝶”是怎的般情绪？要在者里，体会出一个韵字来，方晓得稼轩何以不求与古人异，而自与古人不同；何以虽与古人不同，却仍然与古人神合。隔岸观火之徒动是说“如教坊雷大使之舞，虽极天下之工，要非本色”。苦水却笑他如何不说，虽非本色，要极天下之工乎？且夫所谓本色者何也？山定是青，水定是绿，天定是高，地定是卑，若是之谓本色欤？大家如此说，我不如此说，便非本色。苟非真切体会，纵如此说了，又何异瞎子所云之“诸公所笑，定然不差”？假如真切体会了，便不如此说，亦何尝不是本色？且稼轩如此写，岂非正是稼轩本色乎？若谓只是太粗生，则何不思：无性情之谓粗，没道理之谓粗，稼轩此词，至情至理，粗在甚么处？你道涂粉抹脂，便是细么？揭起那一层涂抹，十足一个黄脸婆子，面疱雀斑，青痣黑疤，累积重叠，细在甚么处？

水龙吟

登建康赏心亭

楚天千里清秋，水随天去秋无际。遥岑远目，献愁供恨，玉簪螺髻。落日楼头，断鸿声里，江南游子。把吴钩看了，阑干拍遍，无人会，登临意。

休说鲈鱼堪脍。尽西风、季鹰归未？求田问舍，怕应羞见，刘郎才气。可惜流年，忧愁风雨，树犹如此。倩何人唤取，红巾翠袖，揾英雄泪？

千古骚人志士，定是登高远望不得。登了望了，总不免泄漏消息，光芒四射。不见阮嗣宗口不臧否人物，一登广武原，便说："时无英雄，遂使竖子成名。"陈伯玉不乐居职，壮年乞归，亦像煞恬退。一登幽州台，便写出"念天地之悠悠，独怆然而涕下"。况此眼界极高、心肠极热之山东老兵乎哉？

此《水龙吟》一章，各家词选录稼轩词者，都不曾漏去。读者太半喜他"落日楼头"以下七个短句，二十七个字，一气转折，沉郁顿挫，长人意气。但试问此"登临意"究是何意？此意又从何而来？倘若于此含胡下去，则此七句二十七字便成无根之木、无源之水，与彼大言欺世之流，又有何区别？何不向开端两句会去？此正与阮嗣宗登广武原、陈伯玉登幽州台一样气概、一样心胸也。而且“千里清秋”，“水随天去”，浩浩荡荡，苍苍茫茫，一时小我，混合自然，却又抵拄枝梧，格格不入，莫只作开扩心胸看去。李义山诗曰：“花明柳暗绕天愁，上尽层楼更上楼。欲问孤鸿向何处？不知身世自悠悠。”与稼轩此词，虽然花开两朵，正是水出一源。此处参透，下面“意”字自然会得。好笑学语之流，操觚握笔，动即曰无人知，没人晓，只是你自己胸中没分晓。试问有甚底可知可晓？即使有人知得晓得了，又有甚么要紧？偏偏要说无人知，没人晓，真乃痴人说梦也。前片中“遥岑”三句，大是败阙。后片中用张翰事，用刘先主事，用桓温语，意只是说，欲归又归不得，不归亦是空度流年。但总不能浑融无迹。到结尾处“红巾翠袖，揾英雄泪”，更是忒煞作态。若说责备贤者，苦水词说并非《春秋》，若说小德出入，正好放过。

八声甘州

夜读《李广传》不能寐，因念晁楚老杨民瞻约同居山间，

戏用李广事以寄之

故将军饮罢夜归来，长亭解雕鞍。恨灞陵醉尉，匆匆未识，桃李无言。射虎山横一骑，裂石响惊弦。落魄封侯事，岁晚田园。　　谁向桑麻杜曲？要短衣匹马，移住南山。看风流慷慨，谈笑过残年。汉开边、功名万里，甚当时、健者也曾闲？纱窗外、斜风细雨，一阵轻寒。

《白雨斋词话》曰："辛稼轩，词中之龙也。"因忽忆及小说一则：一龙堕入塘中，极力腾踔，数尺辄坠，泥涂满身，蝇集鳞甲。凡三日。忽风雨晦冥，霹雳一声，龙便掣空而去云云。苦水读辛词，虽不完全肯《白雨斋词话》，但于此《八声甘州》一章，却不能不联想到小说中所写之堕龙。看他开端二语，天矫而来，真与一条活龙相似。但逐句读去，便觉此龙渐渐堕落下去。匆匆者何也？或是草草之意耶？匆匆未识，以词论之，殊未见佳。"桃李无言"，虽出《史记·李广传》后之"太史公曰"，用之此处，不独隔，亦近凑。落魄两句便是因地一声堕入泥中。《传》中明说，李广不言家产事，"田园"二字，作何着落？换头云"谁向桑麻杜

曲”，是又不事田园也。“短衣匹马”出杜诗，是说看李将军射虎，非说李将军射虎也。“匹马”字与前片“雕鞍”字、“一骑”字重复，是龙在塘中，泥涂满身，蝇集鳞甲时也。“风流慷慨，谈笑过残年”，纵然极力腾踔，仍是不数尺而坠。直至“汉开边”十五个字，方是风雨晦冥，霹雳一声，掣空而去。龙终究是龙，不是泥鳅耳。至“纱窗外，斜风细雨，一阵轻寒”，则是满天云雾，神龙见首不见尾矣。昔者奉先深禅师与明和尚同行脚，到淮河，见人牵网，有鱼从网透出。师曰：“明兄，俊哉！一似个衲僧。”明曰：“虽然如此，争如当初不撞入罗网好？”师曰：“明兄，你欠悟在。”苦水今日，断章取义，采此一节，说此一词，得么？虽然，似即似，是则非是。

汉宫春

立　春

春已归来，看美人头上，袅袅春幡。无端风雨，未肯收尽余寒。年时燕子，料今宵、梦到西园。浑未辨，黄柑荐酒，更传青韭堆盘。　　却笑东风从此，便熏梅染柳，更没些闲。闲时又来镜里，转换朱颜。清愁不断，问何人、会解连环。生怕见，花开花落，朝来塞雁先还。

苦水于二十年前读此词时，于换头“却笑”直至“连环”六句，悟得健字诀。今日不妨葛藤一番，举似天下看官。看他三十六个字，曲曲折折写来，逐句换意，不叫嚣，不散涣，生处有熟，熟中见生。说他劲气内敛，潜气内转，庶几当之无愧。尤妙在说不断，说连环，此三十六个字，便真有不断与连环之妙。若只见他声东击西，指南打北，而不见他谨严绵密，岂非既负古人，又误自己。苦水于此处有个悟人，决不敢说从此一切珍宝皆归吾有。然而亦颇有一番小小受用。不过今日若遇有人来共苦水商略此词，苦水却要举他前片开端二句。若论“春已归来”，实实不见有甚奇特。但“美人头上袅袅春幡”八字上，加之以“看”，却何等风韵，何等情致。夫美人头上，金步摇，玉搔头，尚矣。又若簪花贴翠，亦其常也。今日何日？忽然于金玉花翠之外，袅袅然而见此春幡焉。春归来乎？诚哉其归来也。况且虽曰立春，而余寒尚烈，花未见其开也，柳未见其青也，又何从得见春之归来乎？今不先不后，近在眼前，突然于美人头上，见此春幡之袅袅然，则一任余寒之尚烈，花之未开，柳之未青，而春固已归来矣。亦何须乎寒之转暖，而梅之薰与柳之染也耶？近代人论文动曰经济，即此便是经济。动曰象征，即此便是象征。动曰立体描写，即此便是立体描写。古人曰“状难写之景，如在目前，含不尽之意，见于言外”，亦复即此便是。《四库书目提要》说辛老子词“于剪红刻翠之外，屹然别立一宗”。别立一宗且置，即此岂非剪翠刻红底真本领？一般人又道辛词非本色，即此又岂不是稼轩底惟大英雄能本色也？葛藤半日，只说得“美人头上袅袅春幡”，尚漏去“看”字未说。要会这个“看”字么？但看去即得。

周止庵说：“稼轩由北开南；梦窗由南追北。”开南不见得，要且屹然于南北之外。但“年时燕子”十一字，却是南宋词人气味，思致既深，遂成为隔。集中此等处时时而有。要一一举来，即是起哄，且休去。

祝英台近

晚　春

宝钗分，桃叶渡，烟柳暗南浦。怕上层楼，十日九风雨。断肠片片飞红，都无人管，更谁劝、啼莺声住。　鬓边觑。试把花卜归期，才簪又重数。罗帐灯昏，哽咽梦中语。是他春带愁来，春归何处，却不解、带将愁去。

有人于此词，特举他结尾三句，说是出自赵德庄《鹊桥仙》，而赵又体之李汉老咏杨花之《洞仙歌》云云。又解之曰："大抵后辈作词，无非前人已道底句，特善能转换耳。"苦水谓此论他人词或者也得，然非所论于稼轩。因为这老汉处处要独出手眼，别开蹊径也。偶而不检，落在古人窠臼里，却是他二时粥饭，杂用心处。学人如何得在此等处认取他？苦水二十年前读此词，于前片取"怕上层楼"九字，于后片亦取此结尾三句。近日看来，俱不见有甚好。一首《祝英台近》，只说得没奈何三个字。说起没奈何来，自韦端己、冯正中，多少词人跳这个圈子不出。稼轩这位山东老兵拈笔填词，表现手段，有时原也推倒智勇。但一腔心绪，有时也便与古人一鼻孔出气，也还是没奈何三字。不过前片"怕上"九字，后尾三句，没奈何尚是是物而非心；尚是贫无立锥，

祝英台近（宝钗分）

不是连锥也无。既是怕上，不上即得；春既不曾带得愁去，也只索由他。所以者何？权非己操，即责不必自负也。今日看来，倒是“试把花卜归期，才簪又重数”十一个字，是心非物，是连锥也无，真是没奈何到苦瓠连根苦。夫花本所以簪之也，词却曰“才簪又重数”，则其簪之前，固已曾数过矣，已曾卜过归期矣。若使数过卜过而后簪，如今又复摘下重数，则其于花意固不专在于簪也。意不在于簪，故数过方簪，簪过重数。则其重簪之后，谁能必其不三数三簪，四数四簪，且至于若干簪若干数，若干数若干簪耶？内心如此拈掇不下，如此摆布不开，较之风与雨，春与愁，其没奈何固宜有深浅之别矣。六祖曰：“非风动，非幡动，仁者心动。”其斯之谓欤？

此章与前《汉宫春》章，有人说俱是讽刺时事。苦水谓如此说亦得。但苦水却决不是如此说。所以者何？譬如伤别之人，见月缺而长吁，睹花落而下泪，其心伤原不专在月之圆缺、花之开落，但机缘触磕，学者又不可放过花月，一味捉住伤别去打死蛇。否则是只参死句不参活句也。杜少陵即使真个“每饭不忘君”，也须是情真见实，方才写得好诗。若情不真，见不实，只按定“每饭不忘君”五字作去，便是村夫子依高头讲章作应举制义，揞黑豆和尚傍文字说禅伎俩。诗法未梦见在。

江神子

宝钗飞凤鬓惊鸾。望重欢，水云宽。肠断新来，翠被粉香残。待得来时春尽也，梅结子，笋成竿。　　湘筠帘卷泪痕斑。珮声闲，玉垂环。个里温柔，容我老其间。却笑平生三羽箭，何日去，定天山。

此章是稼轩和韵之作。看他集中此调前一章也是这几个韵脚，明明注出和陈仁和韵，便可证知。步线行针，左右逢源，直似原唱，技术之高，固已绝伦，而性情之真，尤见本色。只如“待得来时”十三个字，又是值得读者身死气绝底句子也。夫所思者而不来，真乃无地可容，此生何为。若所思者而既来，则不只是哑子掘得黄金，而且天下掉下活龙，固宜一切圆满，无不如意矣。稼轩却曰“春尽也，梅结子，笋成竿”焉。是则一错既铸，百身莫赎，直合漫天地，可世界，成一个没量大底没奈何也，如何而使读者不身为之死、气为之绝乎哉？不过不免又有人说是性情语，非学问语。若有人真个以此为问，苦水则答之曰：所谓学问者何也？学问如有别解，则吾不敢知。若是会物我，了生死，明心性之谓，则稼轩此等处虽非学问语，却正是德山棒，临济喝手段。会底自然于棒下、喝下大彻大悟去在。若于棒、喝下死去，虽未得向上关捩子，尚不失为识痛痒。若既不能死，又不肯活，痛痒亦复不知，正是所谓佛出也救不得，一个山东大兵，又好中底用？若谓苦水于此，是为老辛辩护，即又不然。苦水原不曾说这个便是学问语。但是，千古诗人，说到学问，怕只有彭泽老子一位。李太白、杜少陵，饶他两个“寤寐思服”，有时也还是“求之不得”。争怪得稼轩一人？况且稼轩一说到陶公，便一力顶礼赞美，顶礼得自然是心悦诚服，赞美得也是归根究底，莫只道他没学问好。

后片大意是说住在温柔乡中，便没日去定天山。苦水却不肯他。温柔乡住得住不得，干他定天山何事？若是定得天山底人，住了温柔乡，也不碍去定。如其不然，纵然不住温柔乡，天山依旧定不得。但如此说了，老辛还是不服输。要使他服输，不如说他文采不彰。且道如何是彰底文采？开端“宝钗飞凤鬟惊鸾”是。亦且莫看他凤钗鸾鬟，“飞”字、“惊”字是句中眼。要识取稼轩句法、字法，且不得放过。

破阵子

为陈同甫赋壮词以寄之

醉里挑灯看剑，梦回吹角连营。八百里分麾下炙，五十弦翻塞外声。沙场秋点兵。　马作的卢飞快，弓如霹雳弦惊。了却君王天下事，赢得生前身后名。可怜白发生！

上一章各家词选大半收录。苦水选时，几番想要割爱，终于保留。比来说词，又几番要剔出，此刻仍然未能放过。有人读此词，嫌他直率，有人却又爱他豪放。是非未判，爱憎分明。苦水于此词，既是一手抬，一手搦，于上二说亦是半肯半不肯。看他自开首“醉里”一句起，一路大刀阔斧，直至后片“赢得”一句止，稼轩以前作家，几见有此。若以传统底词法绳之，似乎不谓之率不可得也。苦水则谓一首词前后片共是十句，前九句真如海上蜃楼突起，若者为城郭，若者为楼阁，若者为塔寺，为庐屋，使见者目不暇接，待到“可怜白发生”，又如大风陡起，巨浪掀天，向之所谓城郭、楼阁、塔寺、庐屋也者，遂俱归幻灭，无影无踪，此又是何等腕力，谓之为率，又不可也。复次，稼轩自题曰“壮词”，而词中亦是金戈铁马，大戟长枪，像煞是豪放。但结尾一句，却曰“可怜白发生”。夫此白发生，是在事之了却、名之赢得之前乎？抑在其后乎？苦水至今尚不能明了老辛意旨所在。如在其前，则所谓金戈铁马大戟长枪也者，仅是贫子梦中所掘得之黄金，既醒之后，四壁仍然空空，其凄凉怅惘将不可堪。如在其后，则虽是二十年太平宰相，勋业烂然，但看看钟鸣漏尽，大限将临，回忆前尘，都成虚幻。饶他踢天弄井本领，无奈他腊月三十日到来，于此施展手脚不得，此又是千古人生悲剧，其哀苦愁凄，亦当不得。谓之豪放，亦是皮相之论也。夫如是，则白发之生于事之了却、名之赢得之前之后，暂可勿论。总而言之，统而言之，稼轩这老汉作此词时，其八识田中总有一段悲哀种子在那里作祟，亦复忒煞可怜人也。其实又岂只此一首？一部《稼轩长短句》，无论是说看花饮酒，或临水登山，无论是慷慨悲歌，或委婉细腻，也总是笼罩于此悲哀的阴影之中。此理甚明，倘无此种子在八识田中作祟，亦无复此一部《长短句》也。不须苦水饶舌，读者自会去好。

抑更有进者，陶公号称千古隐逸诗人之宗，苦水却极肯朱晦翁所下豪放二字批评。又有一好友告我：昔时或逢愁来，不得开交，取陶诗读之，心便宁静。如今愁时读了，愈发摆布不下。此语于我心有戚戚焉。此理亦甚明，如果渊明老子只是一味恬适安闲，亦便不须再写诗也。同例，世人于老辛之为人，动是说他英雄，于其为词，动是说他粗豪，已是知人知面不知心。又有人说他填词是散仙入圣。世之人要且只会他散仙，不会他入圣。如何是入圣底根苗？不得放过，细会去好。倘若会不得，画蛇添足，恰好有个譬喻。玄奘法师在西天时，见一东土扇子而生病。又有一僧闻之，赞叹道："好一个多情底和尚。"病得好，赞叹得亦是。假如不能为此一扇而病，亦便不能为一藏经发愿上西天也。周止庵曰："稼轩固是才大，然情至处，后人万不能及。"又曰："稼轩敛雄心，抗高调，变温婉，成悲凉。"苦水曰：如是，如是。

秦会之有言："作官如读书，速则易终而少味。"此语甚妙。如引而申之，不独似惜福之语，且亦大似见道之言也。张宗子为其弟燕客作传，亦引会之此语，且病燕客以欲速一念，受卤莽灭裂之报，趣味削然，不堪咀嚼。而结之曰："孰意吾弟之智，乃出秦桧下哉？"宗子是妙人，固应又有此妙语。这也不在话下。苦水则谓秦会之此语，不独是做官与读书之名言，如改速为好尽，亦可以之论文。要说辛老子为人，才情学识，原自旷代难逢。其填词亦尽有不朽之作。他原是谥忠敏底人，似乎不好与缪丑公并论。但其填词底技术，有时大不如会之做官底体会。所以老辛有时亦如宗子令弟之趣味削然，不堪咀嚼。于此将不免为缪丑公所窃笑也。大概作文固当应有尽有，亦须应无尽无。稼轩之于词，大段不及晚唐之温、韦，北宋之晏、欧，或者是他只作到应有尽有，而不曾理会得应无尽无之故，亦未可知。好好一部《稼轩长短句》，好好一位辛幼安，今日被苦水拉来，说东话西，且与会之相比，冤枉杀，冤枉杀。圣人有云："不得中行而与之，必也狂狷乎。"静安先生不亦曰稼轩"词中之狂"乎。学人莫错会苦水意好。况且苦水如今写此词说，尚作不到应有尽有，有甚脸说他辛老子作不到应无尽无。

上卷说毕。续说下卷。

下卷

感皇恩

读《庄子》闻朱晦庵即世

案上数编书、非《庄》即《老》。会说忘言始知道。万言千句，不自能忘，堪笑。今朝梅雨霁，青天好。　　一壑一丘，轻衫短帽。白发多时故人少。子云何在？应有《玄经》遗草。江河流日夜，何时了。

曩与家六吉论诗，六吉主无意，当时余颇不然之。比来觉得无意两字，实有至理。盖诗一有意，非窄即浅，为意有竟故。王静安先生论词，首拈境界，甚为具眼。神韵失之玄，性灵失之疏，境界云者，兼包神韵与性灵，且又引而申之，充乎其类者也。樊志厚为《人间词乙稿》作序，则又专标意境，且离意境为二义。其言曰："古今人词之以意胜者，莫若欧阳公。以境胜者，莫若秦少游。至意、境两浑，则惟太白、后主、正中数人足以当之。"其评静安先生词曰："意、境两忘，物、我一体。"是樊之所谓意境者可知也。六吉之尤意，其即两忘与一体之谓乎？必能如是，乃始合乎静安先生所谓之有境界耳。老辛之词，决不傍人门户，变古则有之，学古则不肯。（集中虽亦有效“花间”，效易安之作，只是兴到之笔，却并非其致力所在。）其令人真觉有“不恨古人吾不见，恨古人不见吾狂”之概，全仗一意字。但有时率直生硬，为世诟病，亦还是被此意字所累。才富情真，一触即发，尽吐为快，其流弊必至于此。如以此攻击稼轩，则何不思求全责备，古今能有几个完人？况且观过知仁，也正不必为老辛回护。苦水写此词说，有时偶尔乘兴，捉他败阙，其本意却在洗出庐山真面，与世人共鉴赏之也。

此《感皇恩》一章，题曰《读庄子闻朱晦庵即世》，明明是个截搭题。若就文论文，此二事原本不必缠夹。譬如良朋高会，看花饮酒，其间不妨更衣便旋，如写之于文，纪之以诗，便只有看花饮酒，而无更衣便旋也。今也稼轩却故故将两件并不调和之事，扭在一起，则其有意可知，则其有意要作非复寻常追悼伤感底文字，亦复可知。再看他开端五句，一把抓住庄子（老子是宾，庄子是主，看题可知），轻轻开一玩笑，遂使这位大师，几乎从宝座上倒头撞下，也只是一个意字底作用。难道稼轩是不肯庄子？决不然，决不然。须知正是极肯他处。试看“今朝梅雨霁，青天好”，真正达到得意忘言境界，真正抉出蒙叟神髓，难道不是极肯他？而且辛老子于此收起平日虎帐谈兵声口。忽然挥起麈尾，善谈名理，令人想起韩蕲王当年骑驴湖上，寻僧山寺风度，果然大英雄非常人也。又有进者，吾人平时，一总是眼罩鱼鳞。心生乱草，遂而捏目生花，扭直作曲。即不然者，亦是许多知解情见，兴妖作怪。今也稼轩于“不自能忘”之下，轻轻将葛藤桩子放倒，放出“今朝梅雨霁，青天好”八个字。古德有言：“此是选佛场，心空及第归。”即此二语岂非即是心空？古德又言：“与桶底脱相似。”即此二语岂非便是桶底脱？仅仅说他意、境两忘，物、我一体，已是屈他，若再作恬适安闲会去，屈枉杀这老汉了也。待到过片，“一壑一丘，轻衫短帽”，徐徐而来；“白发多时故人少”，渐渐提起；“子云何在，应有《玄经》遗草”，轻轻落题；“江河流日夜，何时了”，微微叹息。辛老子于此，真作到想多情少地步。吾人难道还好说他有性情，没学问？若说虽有《玄经》遗草，而无补于江河日下，是稼轩对道学先生之微辞，若说稼轩既痛道学之无补，同时又悲自身功业之无成，所以一则曰“故人少”，再则曰“江河流”。苦水曰：也得，也得。要如此会，但不可仅如此会。若说此词好虽是好，只是有欠沉痛在。苦水曰：不然，不然。不见当年邓隐峰到沩山后，见沩山来，即作卧势。沩归方丈，师乃发去。少间，沩山问侍者：“师叔在否？”曰：“已去。”沩曰：“去时有甚么语？”曰：“无语。”沩曰：“莫道无语，其声如雷。”苦水于此，曾下一转语曰：何必如雷？总之，不是无语。如今要会取稼轩此词沉痛处么？向这一段公案细参去好。

青玉案

元　夕

东风夜放花千树。更吹落、星如雨。宝马雕车香满路。凤箫声动，玉壶光转，一夜鱼龙舞。　蛾儿雪柳黄金缕。笑语盈盈暗香去。众里寻他千百度。蓦然回首，那人却在，灯火阑珊处。

静安先生《人间词语》曰："古今之成大事业、大学问者，必经过三种之境界。'昨夜西风凋碧树。独上高楼，望尽天涯路。'此第一境也。'衣带渐宽终不悔，为伊消得人憔悴。'此第二境也。'众里寻他千百度。回头蓦见，那人却在，灯火阑珊处。'此第三境也。"此三种境界，若依衲僧参禅工夫论之，则一是发心，二是行脚，三是顿悟。苦水如此说，且道是会不会？是具眼不具眼？若道不会、不具眼，苦水过在什么处？请会底与具眼底人别下一转语。假若苦水是会，是具眼，纵然得到静安先生印可，与上举三段词，又有甚交涉？静安亦曾理会到此，所以又道："遽以此意解释诸词，恐为晏、欧诸公所不许也。"如今苦水亦只好就词论词，另起一番葛藤。一首《青玉案》，题目注明是《元夕》，写鳌山，写烟火，写游人，写歌舞，写月光，写闹蛾儿与雪柳，若是别一个如此写，苦水便直截以热闹许之。但以稼轩之才情、之工力论之，苦水却嫌他热闹不起来。莫道老辛于此江郎才尽好。须知他当此之际，有不能热闹起来的根芽在。要会这根芽，只看他结尾四句便知。夫“众里寻他千百度”，则其此夕之出，只为此事，只为此人，彼鳌山、烟火、游人、歌舞、月光、闹蛾儿与雪柳也者，于其眼中心中也何有？此人而在，此事而成，鳌山等等，有也得，无也得。此事而不成，此人而不在，鳌山等等，只见其刺目伤心而已。热闹云乎哉？鳌山等等，今也亦姑置之，而那人固已明明在灯火阑珊处矣，又将若之何而可？稼轩平时，倾心吐胆与读者相见，此处却戛然而止，留与读者自家会去。吾辈且不可辜负他。夫那人而在灯火阑珊处，是固不入宝马雕车之队，不遂盈盈笑语之群，为复是闹中取静？为复是别有怀抱？为复是孤芳自赏？要之，不同乎流俗，高出乎侪辈，可断言。此亦姑置之。若夫“蓦然回首”，眼光霍地一亮，而于灯火阑珊之处而见那人焉，此时此际，为复是欣慰？为复是酸辛？为复是此心踌跳，几欲冲口而出？不是，不是，再还他一个不是。读者细细体会去好。莫怪苦水不说。倘若体会不出，苍天，苍天！倘若体会得出，不得呵呵大笑，不得点点泪抛，只许于甘苦悲欢之外，酿成心头一点，有同圣胎，须得好好将养，方不辜负辛老子诗眼文心。东坡谓柳仪曹南涧诗，“忧中有乐，乐中有忧”，千古绝调。试移此评以评此词，并持柳诗与此词相较，依然似是而非，嫌他忒煞孤寂，有如住山结茅。杜少陵诗曰“摘花不插鬓，采柏动盈掬，天寒翠袖薄，日暮倚修竹”，似之矣，嫌他忒煞客观。韩翰林诗曰“轻寒着背雨凄凄，九陌无尘未有泥，还是平时旧滋味，漫垂鞭袖过街西”，似之矣，嫌他忒煞寒酸。有一比丘尼得道之后，作得一偈曰“镇日寻春不见春，芒鞋踏遍岭头云。归来笑捻梅花嗅，春在枝头已十分”，最近之矣，嫌他忒煞沾沾自喜。虽然，纵使苦水写得手酸腕痛，说得舌敝唇焦，要不是末后一句。倘遇好事者流问：末后一句如何说，如何写？苦水将不惜口孽，分明说似，谛听，谛听“众里寻他千百度，蓦然回首，那人却在，灯火阑珊处”聻。

结尾尚有不能已于言者，画蛇仍要添足。其一，静安先生虽说是第三境，且不可做第三境会。此与大学问、大事业无干。其二，苦水为行文便利，用此语录体裁，且不可作禅会，此与禅宗没交涉。其三，此是文心中一种最高境界，千古秘密，偶被稼轩捉来，于笔下露出些子端倪，钉住虚空，截断众流。苦水词说只是戏论，堪中底用。学人且自家会去。

临江仙

手捻黄花无意绪，等闲行尽回廊。卷帘芳桂散余香。枯荷难睡鸭，疏雨暗池塘。　　忆得旧时携手处，如今水远山长。罗巾浥泪别残妆。旧欢新梦里，闲处却思量。

一首《临江仙》六十个字，而前片“手捻”，后片“携手”，复“手”字；前片“等闲”，后片“闲处”，复“闲”字；后片“旧时”“旧欢”，复“旧”字；“携手处”“闲处”，复“处”字。稼轩才大如海，其为长调，推波助澜，担山赶日，不曾有竭蹶之象，何独至此小令，遂无腾挪？岂能挟山超海而不能折枝乎？此正是辛老子豁达处，细谨不拘，大行无亏也。

“枯荷难睡鸭，疏雨暗池塘”，纯是晚唐人诗法。出句写得颟顸，对句写得凄凉，“难”字“暗”字，俱是静中一段寂寞心情底体验。学辛者一死向粗处疏处印定去，合将去，何不向这细处密处，一着眼一用心耶？然而苦水如是说，只是借此十字因病下药，一部稼轩长短句，要且不可只在一联两联佳句上会去。老辛岂是与人争胜于一字一句底作家？所以苦水平日又说：与其会佳句，不如会警句。佳句只是表现情景一点小小文字技术，若于此陷溺下去，饶你练到宜僚弄丸，郢人运斤手段，也还是小家子气。若夫警句，则含有静安先生所谓意境者在。警句二字，亦是假名，又不可认定警字，一味向险处怪处会去。即如此《临江仙》一章，与其取此“枯荷”一联，何如细参开端“手捻黄花无意绪，等闲行尽回廊”两句？“无意绪”之上而冠之以“手捻黄花”，“回廊”之上而冠之以“等闲行尽”，不独俨然是葩经“爱而不见，搔首踟蹰”气象，而且孤独寂寞之下，绵密醖藉之中，又俨然是灵均思美人、哀众芳底心事。如但震于“枯荷”一联之烹炼，而忽视开端二语之淡雅，殊未见其可。

鹧鸪天

鹅湖归病起作

枕簟溪堂冷欲秋。断云依水晚来收。红莲相倚浑如醉，白鸟无言定自愁。　　书咄咄，且休休。一丘一壑也风流。不知筋力衰多少，但觉新来懒上楼。

曹公诗曰："老骥伏枥，志在千里；烈士暮年，壮心不已。"真是名句，必如是，始可谓之为慷慨悲歌耳。然而虽曰"志在千里"，无奈仍是"伏枥"。虽曰"壮心不已"，其奈已到"暮年"。千古英雄，成败尚在其次。惟有冉冉老至，便是廉颇能饭，马援据鞍，一总是可怜可悲。倒是稼轩此《鹧鸪天》一章，有些像一个老实头，既本分，又本色，遂令人觉得"志在千里""壮心不已"之为多事也。且道如何是稼轩老实头处？《老学庵笔记》记上官道人之言曰："为国家致太平与长生不死，皆非常人所能。然且当守国使不乱，以待奇才之出；卫生使不夭，以须异人之至。不乱不夭，皆不待异术。惟谨而已。"苦水理会得甚的叫作治天下与长生？今日且权假此一则话头来谈文，且与天下学人共做个商量。大凡为文要有高致，而且此所谓高致，乃自胸襟见解中流出，不假做作，不尚粉饰，亦且无丝毫勉强，有如伯夷柳下惠风度始得。不然，便又是世之才子名士行径，

鹧鸪天（枕簟溪堂冷欲秋）

尽是随风飘泊底游魂，依草附木底精灵，其于高致乎何有？但奇才异人，间世而一出，吾人学文固须识好丑，尤不可不知惭愧。是以发愿虽切，着眼虽高，而步武却决不可乱，则谨是已，所谓老实头也。耳之所闻，目之所见，心之所感，虽一草一木，一花一叶，一毫端，一微尘，发而为文，苟其诚也，自有其不可磨灭者在，又何必定要鞭笞鸾凤，呼吸风雷，始为惊世骇俗底神通乎？依此努力，堆土为山，积水成河，久而久之，自有脱胎换骨白日飞升之日。否亦不失为束身自好之君子。如其不然，躁急者趋于叫嚣，庸弱者流于肤浅；自命为才情，自号为风雅，其俗尤不可耐，则不肯守国使不乱，卫生使不夭之害也。尚何有乎治天下与长生不死也耶？葛藤半日，毕竟于此小词何处见得稼轩之谨、之老实？夫稼轩之人为英雄，志在用世，尽人而知。今也谢事归来，老病侵寻，其为此词，微有叹惋，无大感慨，已自难能。且也不学仙，不学佛。是以既不觅长生不死之药，亦不求解脱生死底禅，只将老年情味，酿作一杯清酒，结成一个橄榄，细细品嚼，吞咽下去。亦常人，非仙佛故；亦英雄，能担荷故。总之，老实到家而已。所以开头二语，尽去渣滓，大露清光。“红莲”一联，更为婉妙。夫“红莲相倚”之“如醉”固已；至若“白鸟”之“无言”，何以知其是愁，且又加之以“定”耶？然而说“定”便决是定也。换头以下三句，不见得好，承上启下，只得如此。待到结尾两句，却实在好。但细按之，此有何好？亦只是不慌不诈，据实报销，又是道道地地老实头也。况《蕙风》曰：“‘不知’二句入词佳，入诗便稍觉未合，词与诗体格不同处，其消息即此可参。”苦水曰：如此没要紧语，说他则甚？假使真个向者里参去，即使会了，又有甚干涉？倒是《白雨斋词话》说他“信笔写去，格调自苍劲，意味自深厚，不必剑拔弩张，洞穿已过七札”，有些儿道着也。

鹊桥仙

己酉山行书所见

松冈避暑，茅檐避雨，闲去闲来几度。醉扶怪石看飞泉，又却是、前回醒处。　　东家娶妇，西家归女，灯火门前笑语。酿成千顷稻花香，夜夜费、一天风露。

周止庵曰："苏辛并称，苏之自在处，辛偶能到；辛之当行处，苏必不能到。"知言哉，知言哉。稼轩性情、思致、才力，俱过人一等，故其发之于词也，或透穿七札，或光芒四照，而浑融圆润，或隔一尘，故宜其多当行而少自在。即如此《鹊桥仙》一章，岂非可谓为作之自在者，然而细按下去，便觉得仍是当行有余，自在不足。夫"松冈""茅檐"，"避暑""避雨"，旧时数曾"闲去闲来"，岂非自在？然而"醉扶怪石看飞泉"，只缘"怪"字"飞"字，芒角炯炯，遂使"扶"字"看"字，亦未免着迹露象。至"又却是、前回醒处"，草草看去，亦只是寻常回忆，但"又却是"三个极平常字，使人读之，又觉得有如少陵所谓"万牛回首丘山重"。如此小景，如此琐事，如此写去，狮子搏象用全力，搏兔亦用全力，如是，如是。至于"东家娶妇，西家归女"，本是山村中极热闹场面，"灯火门前笑语"，短短一句，轻轻托出，而情景宛然，岂非自在？但"酿成千顷稻花香，夜夜费、一天风露”两句，虽极力藏锋，譬之颜平原书小字《麻姑仙坛记》，浑厚之中，依然露出作大字时握拳透爪意度。所以稼轩此处用“酿成”、用“费”、用“千顷”、用“一天”，仍是当行而非自在。要其功力情致，能以自举其坚，世之人遂有只以自在目之者耳。若以恬适视之，则去之益远。所以者何？稼轩这老汉有时虽能利用闲，却一生不会闲。但如要说他不会，不如说他不肯会。这老汉如何肯在无事甲坐地乎？苦水平时读山谷诗，最不喜他“看人获稻午风凉”一句。觉得者位大诗人不独如世所谓严酷少恩，而且几乎全无心肝。获稻一事，头上日晒，脚下泥浸，何等辛苦？“午风凉”三字，如何下得？可见他是看人，假使亲手获稻，还肯如此写、如此说么？苦水时时疑着天下之所谓恬适者，皆此之类。试看陶公“种豆南山下”一章诗，是怎底一个意态胸襟？便知苦水说山谷全无心肝之并非深文周内也。闲话休提，如今且说稼轩此二语所以并非恬适，不是自在底原故。夫“娶妇”“归女”，“灯火”“笑语”，像煞一个太平景象矣。然而要“千顷稻花香”，也须是费他夜夜“一天风露”始得。不见六一《丰乐亭记》道：“幸生无事之时也。”若是常人，幸生便了，稼轩则非常人也，自然胸中别有一番经纶，教他从何处自在起？从何处闲起？从何处恬适起？然则辛词只作到个当行即得，不自在也罢。

鹊桥仙

赠鹭鸶

溪边白鹭，来吾告汝：溪里鱼儿堪数。主人怜汝汝怜鱼，要物我、欣然一处。　　白沙远浦，青泥别渚，剩有虾跳鳅舞。听君飞去饱时来，看头上、风吹一缕。

词中有所谓俳体者，颇为学人诟病。苦水却不然。窃以为俳体除尖酸刻薄、科诨打趣及无理取闹者外，皆真正独抒性灵之作也。以其人情味独重故。词之初兴，作者本无以正统文学自居之观念，且亦无取诗而代之之野心。俳体虽不为士大夫所尚，而亦不为士大夫所鄙弃，间有所作，其高者真有当于温柔敦厚之旨。如只以清新活泼目之，尚是皮相之论也。自白石、梦窗而后，一力趋于清真雅正，吾亦不识其所谓清真雅正，果到如何程度？要之学力日深，天机日浅，而吾之所谓俳体者，乃遂窒息以死于士大夫之笔下矣。是真令人不胜其惋惜之至者也。即如稼轩此词，忽然对着鹭鸶大开谈判，大发议论，岂不即是俳体？然而何其温柔敦厚也。是盖不独为俳体词之正宗，即谓为一切词皆应如此作，一切诗文皆应如此作，即作人亦应如此作，亦何不可之有？开端二语，莫单单认作近代修辞学中之拟人格，情真意挚，此正是静安先生所谓之“与花鸟共忧乐”，亦即稼轩词中所谓之“山鸟山花好弟兄”也。“溪里鱼儿堪数”，写得可怜，便有向白鹭告饶之意。至“主人怜汝汝怜鱼，要物我欣然一处”，辛老子胸襟见解，一齐倾倒而出，不须苦水饶舌。然白鹭生性，以鱼为养，如今靳其食鱼，岂非绝其生路？主人怜鱼，固已。若使鹭也怜鱼，则怜鹭之谓何也？是以过片又听其飞去沙浦泥渚，尽饱虾鳅，且嘱其饱食重来，何以故？怜之也。此等俳体，是何等学问，民胞物与，较之谈风月，说仁义，是同是别？不此之会，而徒以游戏视之，错下一转语，五百世堕野狐身，更不须说，吃棒有分。或有人问：审如辛言，为主人，为鹭，为鱼计已三得。奈虾鳅何？不见当年世尊在室罗筏城祇园精舍，为大众演说戒杀，亦令比丘食五净肉。且曰：“为婆罗门地多蒸湿，加以沙石，草莱不生。我以大悲神力所加，因大慈悲，假名为肉，汝得其味。”如今辛老告彼白鹭，听饱虾鳅，亦同此义。然如此说，是出世法。如依世法，则彼虾鳅，只堪鹭食。譬如莳花，必芟恶草，佳花始茂。倘若怜草，如何怜花？倘若怜花，无须怜草。鹭饱虾鳅，其义犹是。颇有人问：葛藤至是，有剩义无？苦水应曰：今我所说，至是为止，皆是剩义，非第一义。如何方是其第一义？俟于下节，续起葛藤。

夫苦水之说此词也，先从论俳词入手，此自是论俳词，何干于稼轩之此词？继之又论稼轩之见解，有如说教，何干于稼轩之此词？若此词之所以为词，其第一义，其画龙点睛处，则结尾之“听君飞去饱时来，看头上风吹一缕”是已。昔支道林爱马。或病道人畜马不韵。支曰：“道人爱其神骏。”妙哉此言，必如是乃可以超凡入圣，可以解脱生死，可以升天成佛。世之学佛学道者动曰：我心如槁木死灰。信斯言也，则槁木死灰之悟道成佛也久矣。有是理也哉？明乎此，则白鹭头上之一缕风吹，虽非神骏，然一何俊耶？明乎此，则主人怜汝之怜为非阿私也。明乎此，则作文须有高致者，又岂特思过半而已哉？吾之所谓第一义者，于是乎在。盖必有是，乃可成为词，无前此之“物我欣然”，无害也。苟其无是，则不成其为词，虽有前此之“物我欣然”，干巴巴地说道谈理，不几于学佛学道者之心如槁木死灰乎哉？以是而曰：民之吾胞，物之吾与。其孰能信之？于是苦水说此词第一义竟。

忆苦水幼时曾闻先君子举一首打油诗，亦是咏鹭鸶者，曰：“好个鹭鸶儿，毛羽甚皎洁。青天无片云，飞下一团雪。”试以此无名氏之打油诗，较诸辛稼轩之《鹊桥仙》词，学人将无不笑苦水为刻画无盐，唐突西子。然而请勿笑也。往古来今所有咏物诗，不类如此打油诗之刻舟求剑，以致于木雕泥塑者几何哉！

西江月

夜行黄沙道中

明月别枝惊鹊，清风半夜鸣蝉。稻花香里说丰年，听取蛙声一片。　　七八个星天外，两三点雨山前。旧时茅店社林边，路转溪桥忽见。

作诗词而说明月，滥矣。明月惊鹊，用曹公“月明星稀，乌鹊南飞”句，亦是尽人皆知之事，不见有甚奇特。但曰“明月别枝惊鹊”，则簇簇新底稼轩词法也。作诗词而曰清风，滥矣。清风鸣蝉，则王辋川诗固已云“倚杖柴门外，临风听暮蝉”矣，亦不见有甚生色。但曰“清风半夜鸣蝉”，则簇簇新底稼轩词法也。而此尚非稼轩之绝致也。至“稻花香里说丰年，听取蛙声一片”，则苦水虽曰古今词人惟有稼轩能道，亦不为过。鼻之于香也，耳之于声也，那个诗人笔下不写？今也稼轩则曰“稻花香”，曰“蛙声”。稻花亦花，而与诗词中常见之花异矣。至于蛙声，则固已有人当作一部鼓吹，或曰“青草池塘处处蛙”矣。而皆非所论于稼轩也。所以者何？彼数少，此数多；彼声寡，此声众故。即曰不尔，而彼虽曰一部，曰处处，其意旨固在于清幽寂静。今也稼轩于漫漫无际静夜之下，漠漠无垠稻田之中，而曰“听取蛙声一片”，其意旨则在于热闹喧嚣，而不在于清幽寂静也。若是则此所谓蛙声与他人所谓蛙声也者，又异已。夫稼轩于此，其意果只在于写阵阵稻花香之扑鼻，阵阵鸣蛙声之聒耳乎哉？果只如是，不碍词之为佳词，果只如是，则稼轩之所以为稼轩者何在？稼轩之词，固以意胜。以意胜，则不能无所谓。此稻花香中蛙声一片，固与《鹊桥仙》中之“千顷稻花”“一天风露”同其旨趣。然彼曰“酿成”，此曰“丰年”。彼为因，为辛苦；此为果，为享受。“稻花香里说丰年，听取蛙声一片”，真乃鼓腹讴歌，且忘帝力于何有，千秋之盛事，而众生之大乐也。而稼轩之所以为稼轩者乃于是乎在。尚何须说“别枝惊鹊”“半夜鸣蝉”之簇簇新，与夫稻花、鸣蛙之于鼻根、耳根，异乎其他诗人词人所染之香尘、声尘也耶？复次，过片“七八个星天外，两三点雨山前”一联，粗枝大叶，别具风流。元遗山《论诗绝句》，盛称退之《山石》句之有异于女郎诗。持以较此，觉韩吏部虽然硬语盘空，而饰容作态，尚逊其本色与自然。此种意境，此种句法，入之小词，一似太古遗民，深山老农，布袄毡笠，索带芒屩，闯入措大堂上、歌舞场中，举止生硬，格格不入，而真挚之气，古朴之容，有使若辈不敢哂笑者在。又如闭关老僧，千峰结茅，破衲遮身，嘴与瓶钵，一齐挂壁，使口里水漉漉地谈心说性之堂头大和尚见之，亦似蚊子上铁牛，全无下嘴处。如谓此非词家正宗，何不一读杜少陵之七言绝句？如谓工部七绝亦不见怎的，亦非诗家正宗，则苦水亦只有自恨虽不能如云门老汉一棒将世尊打煞与狗子吃，也将老杜活埋却了，图得个天下太平也。如今莫惹闲气，且说此词末尾之“旧时茅店社林边，路转溪桥忽见”。学人且不可说辛老子至此理屈词穷，貂不足，将狗尾续也。试思旅途深夜，人困马乏，突然溪桥路转，林边店在，则今宵之茶香饭饱，洗脚上床，便有着落，此是何等乐事？盖一首小词，五十个字，无不是写一乐字。这老汉先天下忧，后天下乐，词中写没奈何处，比比皆是。若夫乐则固未有乐于是篇者矣。或曰：苦水何以便知稼轩今夜定歇此店？情知有此问。不见“茅店”二字之上，明明冠以“旧时”乎？浮屠尚不三宿桑下，况乎辛老性情过重，感觉极敏，夜行之际，而见此旧时之茅店焉，则眷念往日于此曾有一碗粗茶、三杯淡酒之因缘，今夕纵不宿此，中心亦安能恝然而已乎？

清平乐

书王德由主簿扇

溪回沙浅，红杏都开遍。鸂鶒不知春水暖，犹傍垂杨春岸。　　片帆千里轻船，行人想见欹眠。谁似先生高举，一行白鹭青天。

渔洋论诗，力主神韵。静安先生独标境界，且以为较神韵为探其本。苦水则谓境界可以包神韵，而神韵者，不过境界之一种，但不可曰境界即神韵，譬之马为畜，而畜非马也。苦水于古大家之诗，不喜渔洋。二十年来，并渔洋所主之神韵，遂亦唾弃之。近年始觉渔洋之诗，诚不足以言神韵，而渔洋对神韵之认识，亦只在半途，故不独其身后无多沾溉，即其生前，门前亦寂若寒灰。然论中国诗，神韵一名，终为可取而不可废。盖神者何？不灭是。韵者何？无尽是。中国之诗，实实有此境界，如渊明之"采菊东篱下，悠然见南山"，韦苏州之"落叶满空山，何处寻行迹"，孟襄阳之"微云淡河汉，疏雨滴梧桐"，谓之玄妙，谓之神秘，谓之禅寂，举不如神韵二字之得体。此说甚长，且俟他日有机缘时，另细详之，今姑舍是。

苦水平日为学人说词，常谓词富于情致，而乏于神韵。神韵长，情致短。是以每论词未尝不引以为憾。今得辛老子此小令一章，吾憾或可以稍释乎？题中注明是书王主簿扇，恐是席上匆匆送王罢官归去之作。前片写景，皆泛语、浅语，然过片“片帆千里轻船，行人想见欹眠”，情致已自可念；至“谁似先生高举，一行白鹭青天”，高情远致，不厉不佻，脱俗尘，透世网，说高举便真是高举。笑他山谷老人“江南春水碧于天，中有白鸥闲似我”之未免拖泥带水行也。夫“一行白鹭”之用杜诗，其孰不知之？但若以气象论，那一首七言四句排万古而吞六合，须还他少陵老子始得。若说化板为活，者位山东老兵，虽不能谓为点铁成金，要是胸具锤炉，当仁不让。“一行白鹭青天”，删去“上”字，莫道是削足适履好。着一“上”字，多少着迹吃力。今删一“上”字，便觉万里青天，有此一行白鹭，不搘拄，不牴牾，浑然而灵，寂然而动，是一非一，是二非二。莫更寻行数墨，说他词中上句“高举”两字，便替却“上”字也。盖辛词中情致之高妙，无加于此词者。如是而词中之情致，可以敌诗中之神韵，而苦水之夙憾，亦可以稍释矣。记得十五年前，苦水尚在行脚，同参有纯兄者，为说默师当年上堂，曾拈此二语示弟子辈。可惜苦水尔时未得列席，未审老师如何举扬。今姑臆说如上，留待异日求师印可。

南歌子

山中夜坐

世事从头减，秋怀彻底清。夜深犹送枕边声。试问清溪，底事未能平。　月到愁边白，鸡先远处鸣。是中无有利和名。因甚山前，未晓有人行。

者老汉真是可笑。如此小词，也要复“底”字、复“事”字、复“清”字、复“边”字、复“未”字、复“有”字。更可笑是苦水廿馀年读稼轩此词，一见便即成诵，直到如今，时时掂掇，还是此刻手写一过，才觉察出。若说苦水于辛老子是相赏于牝牡骊黄之外，苦水不免惭惶。若说辛老子胆大心粗，更是罪过。何以故？大体还他肌肤好，不擦红粉也风流。

苦水平日披读诗文，辄复致疑：如是云云者，果生于其心，而绝非抄袭与模拟耶？果为由衷之言，而无少粉饰与夸张耶？读“三百篇”、《离骚》《古诗十九首》与《陶渊明集》，无此疑矣。最后则读稼轩之长短句亦然。苦水非谓辛词即等于“三百篇”、《离骚》、十九首与陶集也。要之，无疑则同然耳。即如此词，稼轩曰“世事从头减”，苦水即谓其“从头减”。曰“秋怀彻底清”，苦水即信其“彻底清”。此不几于武断盲从乎哉？曰：不然，苟稼轩而非“世事从头减，秋怀彻底清”也，则过片“月到愁边白，鸡先远处鸣”，何为其然而奔赴于辛老子之笔下耶？世之人填胸满腹，万斛俗尘，妄念狂想，前灭后生，即置身于玉阙蟾宫，亦不觉月之为白。今稼轩则曰“月到愁边白”。此所谓愁，岂棼如乱丝之焦心苦虑哉？静极生愁，静之极也。曹子桓曰：“乐往哀来，怆然伤怀。”所谓哀，亦即所谓愁，岂李陵所云“晨坐听之不觉泪下”之哀哉？鲁迅先生曰：“静到听出静底声音来。”当此之际，“世事从头减”之诗人，未有不愁者也。于是乃益感于白月之白也。六一词曰：“寂寞起来褰绣幌，月明正在梨花上。”寂寞者何？愁也。月上梨花者何？白也。若夫“鸡先远处鸣”者，抑又何也？老杜诗曰：“遮莫邻鸡下五更。”曰邻，则近也。世之人而有耳，而不聋，而五更头不盹睡如死汉者，固莫不闻近处之鸡鸣矣，至于远处鸡声之先鸣，则固非“世事从头减，秋怀彻底清”之大诗人不能自之也。且山中静夜，独生无眠，而远处鸡声，忽首先破空穿月而至，已复沉寂于灏气清露之中，一何其杳冥也？一何其寥廓也？而且愈益增加世事之减、秋怀之清矣。夫如是，将不独苦水无疑于辛老子之“世事从头减，秋怀彻底清”，盖举天下之人，殆无一而不信之者也。

至于前片之后二语，与后片之后二语，不知何以稼轩于事减、怀清之际，乃忍于出此。是殆举“世事”十字“月到”十字所缔造之境界、酿成之空气，尽摧拉之而无余也。虽然，稼轩之所以为稼轩，亦可于此消息之。观过知仁，苦水前已数言之矣。

生查子

题京口郡治尘表亭

悠悠万世功，矻矻当年苦。鱼自入深渊，人自居平土。　　红日又西沉，白浪长东去。不是望金山，我自思量禹。

悠悠之功，矻矻之苦，何也？鱼之入渊，人之居陆，是已。盖水之行地中，民之不昏垫者，于兹三千有余岁矣。繄何人，何人，何人？则禹是已。稼轩有用世之才之心，故登京口郡治之尘表亭，见西沉红日之冉冉，东去白浪之滔滔，遂不禁发思古之幽情，叹禹乎？自伤也。

具眼学人，且道一首小词，苦水如此拈举，为是会不会？为是辜负不辜负这作者？不须学人肯苦水，苦水早已先自肯了也。所以者何？词意自明，稍一沉吟，便已分晓，自无错会。虽然错即不错，虽然孤负即不孤负，而苦水拈举此首之旨，却不在乎此。苟审如吾前此之所言，此词固又以意胜，即使力透纸背，不几于有韵之散文乎？词之所以为词者安在？苟审如吾前此之所言，则前片四句与后片结尾二句之间，楔入“红日又西沉，白浪长东去”十个大字，又奚以为也？如曰：登高望远，对此茫茫，百感交集，而举头又见依依之落日，滚滚之江涛，吊古悲今，益觉无以为怀，有此二语，便觉阮嗣宗之登广武原尚逊其雄浑，陈伯玉之登幽州台尚逊其悍鸷也。如是说，最为近之。然则脚跟仍未点地在。具眼学人又何不于“又”字“长”字会去？“又”者何？一日一回也。“长”者何？不舍昼夜也。传神阿堵，颊上三毫，尚不足以喻之。稼轩真词家大手笔也。夫必如是说，此词乃可成为词，而不同乎有韵之散文。然而稼轩作词，虽句有句法，字有字法，而这老汉又岂与人较量于字法、句法者哉。然则是又不可如此会也。自会去好。苦水说不得。

于是苦水说稼轩词竟。

东坡词说

词　目

附　录

前　言

吾自学词，即不喜东坡乐府。众口所称《念奴娇》“大江东去”一章，亦悠忽视之，无论其他作。旧在城西校中，偶当讲述苏词，一日上堂，取《永遇乐》“明月如霜”一首，为学人拈举，敷衍发挥，听者动容，尔后渐觉东坡居士真有不可及处，向来有些孤负却他了也。今年夏秋之交，说稼轩词既竟，无所事事，更以读词遣日。初无说苏词之意，案头适有龙榆生笺注本，因理一过，乃能分疏坡词何处为佳妙，何处为败阙，遂选而说之。吾之说辛，其意见则几多年来久蕴于胸中，不过至是以文字表而出之耳。兹之说苏，则大半三五日中之触磕。如谓说辛为渐修，则说苏其顿悟欤？二三子得吾之说而读之者，宜先依词目，尽读其词，每一首，首宜速读，以遇其机，次则细读，以求其意，最末，掩卷思之，以会其神，必有好有不好，有解有不解，然概念既得，好者解者无论矣，若其不好者亦勿弃置，不解者更不必穿凿，然后取吾之说，仍先阅原词一过，略一沉吟，意若曰：彼苦水将奚以说耶？于是乃逐字逐句读吾之说，以相与印证焉。如是读者为得之。不然者，一得是编，流水看毕，是则不独孤负东坡，亦且孤负苦水，孤负学人自己矣。又凡为学之事，不可随人脚跟，亦不可先有成见。如读吾说则遂谓其铁案如山，苦水并不欢喜，只有叫屈。诚如是，苦水将置学人于何地，学人又将何以自处乎？如读吾说而乃谓其信口开河，苦水虽不烦恼，却亦不甘。审如是，学人将置苦水于何地，而苦水又将何以自处乎？苦水虽无马祖振威一喝，百丈直得三日耳聋底本领，学人也须如同临济参了大愚，重归黄檗之后，须向黄檗随声便掌方得也。非然者，大家钝置，何日是了期耶？吾之说词，虽似说理，意只在文。学人首须去会，不可徒事求解，解得许多张长李短，不会得古人文心，有甚干涉？如有所会，且莫须问苦水肯不肯，须知苦水首先要问学人肯去会不肯去会也。学人亦须自悟自证。即如苦水说词，一无可取，何必睬他？若有可取，又是哪个先生教底也？至于说词之外，时复拈举一两则公案，一两个话头，与学人商量，学人又须会得苦水苦心，勿作节外生枝看也。虽然，吾上所云云，为二三子从余游者言之耳。若是明眼大师，辣手作家，吾文现在，赃证俱全，一任横读竖看，薄批细抹，印可棒喝，苦水无不欢喜承当。

卅二年仲秋苦水识

永遇乐

徐州梦觉北登燕子楼作

明月如霜，好风如水，清景无限。曲港跳鱼，圆荷泻露，寂寞无人见。纨如三鼓，铿然一叶，黯黯梦云惊断。夜茫茫、重寻无处，觉来小园行遍。　天涯倦客，山中归路，望断故园心眼。燕子楼空，佳人何在，空锁楼中燕。古今如梦，何曾梦觉，但有旧欢新怨。异时对、黄楼夜景，为余浩叹。

坡仙写景，真是高手，后来几乎无人能及。即如此词之“明月”八字、“曲港”八字、“纨如”十四字，写来如不费力，真乃情景兼到，句意两得。但细按下去，亦自有浅深层次，非复随手堆砌。“明月”“好风”“如霜”“如水”，泛泛言之而已；“曲港”“圆荷”“跳鱼”“泻露”，则加细矣。曲港之鱼，人不静不跳；圆荷之露，夜不深不泻。虽是眼前之景，不是慧眼却不能见，不是高手却不能写。更无论钝觉与粗心也。至于“纨如三鼓，铿然一叶”，明明是“纨如”，明明是“铿然”，明明是有声，却又漠漠焉，叆叆焉，如轻云，如微霭，分明于数点声中看出一片色来。要说只此八字，亦还不能至此境地。全亏他下面“黯黯梦云惊断”一句接联得好，“黯黯”字、“梦云”字、“断”字，无一不是与前八字水乳交融，沆瀣

永遇乐（明月如霜）

一气，岂只是相得益彰而已哉？至于“惊”字阴平，刚中有柔，故虽含动意，而与前八字仍是相反而又相成。读去，听去，甚至手按下去，无处不锋芒俱收，圭角尽去。好笑世人狃于晁以道“天风海雨逼人”之说，遂漫以豪放目之，动与辛幼安相提并论，可见于此等处不曾理会得半丝毫也。者个且置。譬如苦水如此说，颇得坡老词意不？若说不，万事全休，只当苦水未曾说。坡词俱在，苦水之说，亦何尝损其一毫一发？若说得，难道老坡当年填词时，即如苦水之所说枝枝节节而为之耶？决不，决不。只缘作者生来秉赋，平时修养，性情气韵中有此一番境界，所以此时此际，机缘触磕，心手凑泊，适然来到笔下，成此妙文。若不如此，又是弄泥团汉也。所以苦水平日为学人说文，尝道：苦水今日如此说，正是个说时迟；古人当日如彼写，正是个那时快。当其下笔，兔起鹘落，故其成篇，天衣无缝。若是会底，到眼便知，次焉者，上口自得，又其次者，听会底人读过。入耳即通。若不如此，纵使苦水老婆心切，说得掰瓜露子，饶他听苦水说时，直喜得眉开眼笑，又将苦水所说，记得滚瓜烂熟，依旧是“君向潇湘我向秦”。闲话揭开，如今且说坡仙此词，开端“如霜”“如水”，两个“如”字，不免着迹。“跳鱼”“泻露”，“跳”字、“泻”字又不免着力。总不如“统如”十四个字浑融圆润。“清景无限”，“寂寞无人见”，苦水早年总疑是坡老败阙。以为若作者觉得不如此写不足兴，便是作者见短。若读者觉得不如此写不明了，便是读者低能。总之，此等处于人于己两无好处。于今却不如此想，何以故？且待说了“夜茫茫，重寻无处”二句再说。“寻”字承上“梦云”而言。

此时人尚未清醒，亦并未起床，只是在半醒半睡中寻绎断梦。所以下句方是“觉来小园行遍”也。说到者里，再回头追溯开端“明月”直至“无人见”六句二十五个字所写之景，不独是觉来行遍之所见，而且是觉了行了见了之后，方才悟得适间睡里梦里，外面小园中月之如霜，风之如水，与夫鱼之跳，露之泻，早已好些时候了也。嗟嗟，人自睡里梦里，月自如霜，风自如水，鱼亦自跳，露亦自泻。人生斯世，无边苦海，无限业识，将幻作真，认贼为子，且不须说高不可攀处、远不可及处，只此眼前身畔，有多少好处，交臂失之，不得享受，真乃志士之大痛也。然则“清景无限”“寂寞无人见”两句，写来一何其感喟，而又一何其蕴藉，谓之败阙，如之何则可？苦水当年失却一只眼，今日须向他坡老至心忏悔始得也。如问“梦云”之“梦”，果何所指？苦水则谓：梦只是梦而已，不必指其名以实之，或任指一名以实之亦无不可。但决不是梦关盼盼。静安先生诗曰：“不堪宵梦续尘劳。”苦水则说，宵梦更非别有，只是尘劳。坡老此处，亦是此意。所以苦水于此词录题时，拟删去“登燕子楼”四字。词中并无“登”意也。然则只是“夜梦觉”（注：顾随原题为“夜梦觉”；今据通行版本，删一“夜”字）便得，何必又标“徐州”？苦水盖以为若无此二字，词中之“燕子楼空”，则又忒杀突如其来矣。有一本题作“夜宿燕子楼，梦盼盼，因作此词”。郑大鹤诃之曰居士断不作痴人说梦之题，是已。然郑又取王案说，谓是梦登燕子楼，翌日往寻其地作。此又是刻舟求剑了也。学人将疑不知苦水见个什么，便说得如此斩钉截铁。不知只是学人不肯细心参求，并非苦水无事生非。试看老坡此词过片，曲曲折折写来，只道得个人生之痛，半点也无儿女之情，已是自家据实自首，不须苦水再为问案追赃。“天涯”三句，叹息人生无蒂，不如落叶犹得归根。“燕子”三句，说得不拘遗臭流芳，凡是前人生涯，只不过后人话靶。“古今”三句更是说他苦海众生，业识茫茫，无本可据。结尾则是由燕子楼联想到黄楼，后人千载而下，见燕子楼，便想到盼盼，而不禁感慨系之。黄楼是老苏所创，后人亦将见之而想到东坡，系之感慨，辗转流传，何时是了？正所谓后人复哀后人也。如此写来，尽宇宙，彻今古，号称万物之灵底人也者，更无一个不是在大梦之中，更无觉醒之期。然后愈觉睡里梦里，而月如霜、风如水、鱼之跳、露之泻为可悲可痛也。夫如是，与登燕子楼，梦关盼盼，有甚干系？具眼学人且道：坡仙作此词时，梦醒也未？莫是仍在梦里么？若然，则苦水更是梦中说梦也。于古有言：啼得血流无用处，不如缄口度残春。

洞仙歌

余七岁时，见眉山老尼姓朱，忘其名，年九十岁。自言尝随其师入蜀主孟昶宫中。一日大热，蜀主与花蕊夫人夜纳凉摩诃池上，作一词。朱具能记之。今四十年，朱已死久矣，人无知此词者。但记其首二句，暇日寻味，岂《洞仙歌令》乎？乃为足之云。

冰肌玉骨，自清凉无汗。水殿风来暗香满。绣帘开、一点明月窥人，人未寝，攲枕钗横鬓乱。　起来携素手，庭户无声，时见疏星渡河汉。试问夜如何，夜已三更，金波淡、玉绳低转。但屈指、西风几时来，又不道流年，暗中偷换。

论词者每以苏、辛并举，或尚无不可。且不得看作一路。如以写情论，刻意铭心，老坡实大逊稼轩。然辛之写景，往往芒角尽出。神游意得，须还他苏长公始得。固缘天性各别，亦是环境不同。即如此《洞仙歌》一首，真乃坡老自在之作。饶他辛老子盖世英雄，具有拔山扛鼎之力，于此也还是出手不得。“冰肌玉骨，自清凉无汗”，真乃绝世佳人。刘彦和曰：“粉黛所以饰容，而倩盼生于淑姿。”“淑姿”便了，“倩盼”作么？唐人诗曰：“却嫌脂粉污颜色，淡扫蛾眉朝至尊。”“蛾眉”自好，“淡扫”则甚？总不如此二语之淡雅自然。“冰”“玉”二字，不见怎的，“清凉”恰好，尤妙在“自”。自来诗家之写佳人、写面貌、写眉宇、写腰肢、写神气，却轻易不敢写肉。写了，一不小心，往往俗得不可收拾。此二语却竟写肉。岂只雅而不俗，简直是清而有韵。写至此，倘若有人大喝：住，住！苦水错了也！者个是蜀主底，不是老坡底。苦水则亦还他一喝：管甚你底我底，文章天地之公，大家有分。老坡尚说一部陶诗是他所作，一句两句，分甚彼此？若说作之不易，但鉴赏亦难。老坡能鉴赏及此，亦自非凡，更不须说他自首减等也。者个揭开去。下面“水殿风来暗香满”，总该是东坡自作。既曰今日大热，且道风来是热是凉？水殿外想来有荷，且道暗香是人是花？若分疏得下，许你检举苏胡子。若分疏不下，还是大家葫芦提好。自家屋里事，尚且无计划。舍己耘人，陈米糟糠，替他古人算什么闲账？过片“起来”至“河汉”三句，写出夏之大、夜之静。写静夜尚易，写大夏却难。写大夏有何难？要将那热乎乎、潮漉漉，静化得升华了，不但使人能忍受，且能欣赏玩味之却难耳。所以自来诗文写春、写秋、写冬底多，而且好底确是不少。写大夏底便少，而好底更为稀有。家六吉极推《楚辞》之“滔滔孟夏”，与唐人之“薰风自南来，殿阁生微凉”。然《楚辞》是大处见大，唐人是大处见小，惟有老坡此处，乃是小处见大，风格固自不同。“试问夜如何”以下直至结尾，一句一转换，有如此手段，方可于韵文中说理用意。不则平板干瘪，纵使辞能达意，只是叶韵格言，填词云乎哉？若单论此处，长公与幼安，大似同条生，但辛老子用时多，苏长公用时少，而且方圆生熟，截然两事，仍是不同条死也。学人自会去。此外尚有一则公案，苦水分明举似，再起一番葛藤。有不识惭愧者流，改坡公此词，为七言八句，更有不知好歹底人，便说彼作远胜此词，且不用说音律乖舛，世上没有恁般底《玉楼春》。只看“起来琼户启无声”，只一“启”字，便将坡词“庭户无声”之大气，缩得小头锐面，趣味索然。更不须说他首句“清无汗”之删去“凉”字之不通，与结句之改“又不道”为“只恐”之平庸也。眼里无筋，皮下无血，何其无耻，一至于此？

日昨往看同参颖公，具说已选得东坡乐府十余首，将继稼轩长短句而说之。颖公劈头便问：可有《贺新郎》“乳燕飞华屋”一首么？苦水答曰：无有。但是选时确曾费过一番斟酌。不曾收入，并非遗漏，亦非嫌弃。说辛词时，曾经说明苦水词说，原备学人反三之助，所以选外仍有佳词；不过苦水之所欲言，已尽于现所入选之数首，不必重叠反复。譬如颖公所举之《贺新郎》，“乳燕飞华屋”五字又是写夏日底名句，情象原不怎的。但读后令人自然觉得有一种夏日气息扑面打鼻而且包身而来，直至“悄无人，庭阴转午”，依旧暑气不退。待到“晚凉新浴”，方才有些子凉意。所以“手弄生绡白团扇，扇手一时似玉”之下，便自然而然地“渐困倚、孤眠清熟”也。然而仍是逃暑，并非是清凉。眼前情事，写得如此韵致，又是非老苏不办。但自此以下，尤其是过片而后，直至结尾，因为直咏榴花，苦水却觉得无甚可说。况且《洞仙歌》之“庭户无声，时见疏星渡河汉”，足足敌得过此“乳燕”以下数语。而“冰肌玉骨，自清凉无汗”，也实实好似他“手弄生绡白团扇，扇手一时似玉”也。所以既收《洞仙歌》之后，终于舍此《贺新郎》。然而道是不说，不说，也终竟是说了。不怨他颖公多口多舌，只怨苦水拖泥带水，自救不了。

木兰花令

次欧公西湖韵

霜余已失长淮阔。空听潺潺清颍咽。佳人犹唱醉翁词，四十三年如电抹。　　草头秋露流珠滑。三五盈盈还二八。与余同是识翁人，唯有西湖波底月。

不知可确，据说会泅水底人，想要跳水自杀却非易事，以其浮而不沉故。说也可笑，平时惯浮，及其自杀有意求沉，却仍旧是浮。后天底习或可以变易先天底性，而一时之意却难左右后天底习也。者个且置。至如长公为词，擒纵杀活，在两宋作者之中，并无大了得。只是出入之际，他深深理会得一个出字诀。者个他亦未必有意，只是天性与学力所到，自然而然有此神通。所以作来不拘长调小令，悲愁欢喜，总还你一个宽绰有余。文心无迹，书法有形，只看他作字便知。后来学书人，一为苏体，往往模糊一片，更无一个能及得他疏朗清爽。有人说：长公诗文书法，俱似不十分着力。苦水则谓：这也还是那个出字诀在那里作用着。亦复即是开端所说，会泅水底人跳在水里，虽在有意自杀之时，也仍旧浮而不沉也。此一章《木兰花令》，是和六一翁之作。说起六一翁，不独是坡老前辈，而且在文字上，也有一番香火因缘。在文学震撼一世，及身享名这一点上，两人又正复相同。如今老坡移守颍州，正是六一翁四十三年以前旧治。抚今追昔，常人尚尔，何况坡老一代才人，与欧公又非泛泛之交乎？据年谱，坡老是年五十六岁。盖亦已垂垂老矣。此词虽是和作，莫只看他技巧，且复理会几个入声韵是何等凄咽。开端“霜余”两句，分明是凛凛深秋。当此之际，追念昔者，心中又是何等感喟。若是别个，便只有能入而不能出，然而又非所论于长公也。前片四句，一口气读下去，不知怎的，沉着之中，总溢出飘逸，而凄凉之中，却又暗含着雄壮。若说“长淮”之“阔”虽然已失，毕竟点出“阔”来，何况“清颍”正在“潺潺”，而“霜余”二字又暗示天宇之高、眼界之宽乎？若如此说，未必便孤负作者文心。但“佳人犹唱醉翁词，四十三年如电抹”两句之中，并无与前二语中类似字样，何以仍旧如彼其飘逸而雄壮耶？“犹唱”者何？前人不见也。“如电”者何？去日难追也。字法如此，固宜伤感到柔肠寸断、壮志全消矣，而仍旧如彼其飘逸与雄壮者何耶？读者于此，非于字底形、音、义三者求之不可。看他“佳”字、“翁”字，何等阔大。“人”字、“电”字，何等鲜明。“三年”两字，何等结实。“抹”字是借得欧公底，且不必说他真形容得日月如石火驹隙也。若谓苦水如此说词，何异三家村中说子路，则何不将此二句试改看：歌儿还自唱欧词，四十载来空一抹。总还不失作者原意，但读来岂但不复是词，简直不成东西。如此说来，难道那两句词便似贾阆仙一般驴背上推敲出来底么？真个是不，不，一点也不。此义已于说《永遇乐》章“统如”三句时说过，此处不再絮聒。夫长公当此境地，所作之词，依然不为悲伤所制，而别具风姿，岂不又是出字诀底神通作用？又岂非一如没人跳水自杀，依旧浮而不沉乎？而苦水所云，后天底习或可变易先天底性。而一时之意，却难左右后天底习者，岂不又可于此消息之乎？坡仙追悼欧公之词，此章之外，尚有一首《西江月》："三过平山堂下，半生弹指声中。十年不见老仙翁，壁上龙蛇飞动。　欲吊文章太守，仍歌杨柳春风。休言万事转头空，未转头时皆梦。"据龙榆生笺，是老苏四十四岁之作。大约尚在壮年，豪气能制悲感，所以作来金钟大镛，满宫满调，学人容易理会得出，故弃之而取此《木兰花令》。至于《西江月》歇拍两句，"万事转头空"者，言现在既成过去，日后回想，与梦无殊也。"未转头时皆梦"者，即身处现在，俗人俱认为非梦者，而有心之士亦以为皆梦也。就词论词，或者不见怎底。若以意旨而论，却是坡老底擅场，学人又不可忽略过去。

又龙笺引傅注引《本事曲集》，谓：六一翁《木兰花令》原唱与坡公和作"二词皆奇峭雅丽"。苦水曰：欧词足足当得起此四字。若坡作，"奇峭雅"有之，"丽"则未也。

西江月

顷在黄州，春夜行蕲水中，过酒家饮。酒醉，乘月至一溪桥上，解鞍曲肱，醉卧少休。及觉已晓，乱山攒拥，流水铿然，疑非尘世也，书此语于桥柱上。

照野弥弥浅浪，横空暧暧微霄。障泥未解玉骢骄。我欲醉眠芳草。　　可惜一溪明月，莫教踏碎琼瑶。解鞍攲枕绿杨桥。杜宇数声春晓。

笔记载：长公与黄门既各南谪，相遇于途中。同在村店中食汤饼。黄门微尝，置箸而叹，长公食之尽一器，谓黄门曰："子尚欲咀嚼耶?"大笑而起。千载而下，读此一节，长公风姿尚可想见。学人于此一重公案，且道坡老此等处为是豪气？为是雅量？学人如欲加以分疏，首先须对豪气、雅量加以理会。要知豪气最是误事，一不小心，便成颟顸；再若左性，即成痛痒不知，一味叫嚣。雅量亦非可强求，须是从胸襟中流出，遮天盖地始得。倘若误会，便成悠悠忽忽、飘飘荡荡、无主底幽灵。要说坡公天性中，原自兼有此二者。早期少年，逞才使气，有些脚跟不曾点地，亦不必为之掩饰。待到屡经坎坷，固有之美德，加以后天之磨砻，虽不能如陆士衡所谓"石蕴玉而山辉，水怀珠而川媚"，亦颇浑融圆润，清光大来。所来老坡豪气雅量虽然俱有，学人亦且不得草草会去，致成毫厘相差，天地悬隔。此《西江月》一章，小序已佳，大约前人为词，不曾注意及此。先河滥觞，厥维坡老，后来白石略能继响。然一任自然，一尚粉饰，天人之际，区以别矣。苦水平时常为学人分说，文人学文，一如俗世积财，须是闲时置下忙时用，且不可等到三节来至，债主临门，方去热乱。所以鲁迅先生说："不是说时无话，只是不说时不曾想。"苦水亦常说：文章一道，不可以无心得，不可以有心求。亦复正是此意。大凡古今文人，一到有意为文，饶他惨澹经营，总不免周章作态。惟有不甚经意之时，信笔写去，反能露出真实性情学问与世人相见。吾辈所取，亦遂在此而不在彼。坡公书札、题跋与词序之所以佳妙，高处直到魏晋，亦复正是此一番道理。若有人问：苦水本是说词，扯到词序，已是骈拇枝指，今更扯到书札、题跋，岂不更是喧宾夺主？苦水则曰：要知北宋人词之妙处，与此亦更无两致。他们原个个有诗集行世，推其意，亦自矜重其诗。若夫小词，大半是他们酒席筵前信手写来分付歌者之作。其忒煞率意者，浅而无致，亦并非没有。若其高者，则又其诗所万不能及者也。此亦犹如右军之《乐毅论》《东方画赞》，虽是笔笔着力，字字用心，倒是《兰亭》一序，冠绝平生。又其短帖，亦往往得意外之意也。一首《西江月》字句之美，有目共赏。苦水若再逐字逐句，细细说下去，便是轻量天下学人，罪过不小。不过须要注意者，坡老此词，乃酒醒人静，旷野水边，题在桥柱上面底。即此，便与彼伸纸吮毫与人争胜之作不同。更与彼点头晃脑、人前卖弄者异趣。如说此词虽写小我，而此小我与大自然融成一片，更无半点抵触枝梧，所以音节谐和，更无罅隙。这也不在话下。但所以致此之因，却在坡老此时确具此感。维其感得深，是以写得出，遂能一挥而就，毫无勉强。如问：苦水见个什么，便敢担保东坡确实如此，更无做作？苦水则曰：诗为心声，惟其音节谐和圆妙，故能证知其心与物之毫无矛盾也。不见《楞严经》中，佛问："汝等菩萨及阿罗汉，从何方便，入三摩地？"憍陈那五比丘即白佛言："于佛音声，悟明四谛。"又言："我于音声得阿罗汉。佛问圆通，如我所证，音声为上。"夫音声尚可以入佛，何至诗人所作之韵文，吾辈读之而不能得其文心哉？古亦有言：声音之道感人深矣。苦水曰：如是，如是。世人动以苏、辛并称，而苦水则以苏为圭角尽去，而以辛为锋芒四射。然其所以致此之因，苦水仍未说破。于此不妨再行漏逗。老辛一腔悲愤，故与自然时时有格格不入之叹。饶他极口称赞渊明，半点亦无济于事。老苏豪气雅量化为自在，故随时随地，露出无入而不自得之态。乡村野店，一碗面条子，其于坡老也又何有？如此说了，更不烦再说苏、辛二人之于词有方圆生熟出入难易之分也。

临江仙

送王缄

忘却成都来十载，因君未免思量。凭将清泪洒江阳。故山知好在，孤客自悲凉。　　坐上别愁君未见，归来欲断无肠。殷勤且更尽离觞。此身如传舍，何处是吾乡。

诗之为用，抒情写景，其素也。渐而深之为说理，抑扬爽朗，而情与景于是乎为宾。扩而充之为纪事，纵横捭阖，情辅景佐，包抱义理，蔚为大观。词出于诗，而其为体，纪事为劣，说理或可，亦难当行，苟非大匠，辄伤浅露。惟于抒情、写景二者曲折详尽，乃能言诗所不能言。然大家之作，多为寓情于景，或因景见情。若其徒作景语而能佳胜，亦不数觏。西国于诗，抒情一体，区分独立。华夏之“词”，总核名实，谓之相副，无不可者。顾情之为辞，乃是总名。疆分界画，累楮难尽。详而长之，请俟异日。若其写之于词，普遍通常，伤感而已。平居常谓：伤感也者，人所本有。故虽非作者，而见月缺以情移，睹花落而心悲，上智下愚，或当别论，吾辈具是凡夫，陷此大网，鲜能脱离。若其施之诗词，尤为抒情诗人之所共具。惟其一触即发者，每失肤泛，不堪回味。至其衷心回荡酝酿，发之篇章，温馨朗润，感人之力，至不可忤。或出不中规，言过其实，卤莽灭裂，乃成嘶嗄。是则小泉八云氏所谓痉挛，非所论也。亦有搔首弄姿，竞趣巧丽，浮漂不归，空洞无实。如是之作，尤无取焉。此《临江仙》一章，龙笺引朱彊村先生曰："按本集，'仲天贶、王元直自眉山来见余钱塘，既行，送之诗。'施注：'王箴字元直，东坡夫人同安君之弟也。'王缄未知即箴否。"苦水曰：当是也。何以故？吾尝举此词与《江城子》"十年生死两茫茫"一章，为长公极度伤感之代表作。老坡平日见解既超，把握亦牢，苟非骨肉亲戚之间，生死别离之际，所言必不如此。且两章俱用阳韵，几如失声痛哭。如非情不自禁，当不至是。于此可知人类无始以来，八识田中有此一种本惑种子，复加熏习，遂乃滋生，有如乱草，雨露所濡，蔓延无际，吾人堕落日以益深。《遗教经》言："譬如老象溺泥不能自出，真可痛也。"夫以坡老如彼才识，尚复如此，况在中下，宁有既乎？或问：子为是言，类出世法，与词何有？苦水则曰：此无二致。伤感虽为抒情诗歌创作之源，而诗家巨人，每能芟除，或以担荷，或以透出。前者如曹公，如工部，后者如彭泽。故其壮美也，有似海立而云垂；其优美也，一如云烟之卷舒。不同小家数者，利用伤感，蛊惑读者，又如恶疾专事传染已。夫食以养生，苟其无食，一日则饥，十日则死。此其重要当复何若？而袁安雪中忍饥高卧，又有人焉，学道辟谷，乃成飞仙。苦水虽曰伤感实为创作源泉，究其重要，非食于生。姑云云者，不独为是向中人说，亦且令学人慎重鉴彼曹公、少陵与渊明者，知所取则，虽未刈除类如辟谷飞仙，亦当忍耐如彼袁安也。或者又曰：此词结尾二句"此身如传舍，何处是吾乡”，坡公固已透出矣。苦水曰：不然，人有丧其爱子者，既哭之痛，不能自堪，遂引石孝友《西江月》词句，指其子之棺而詈之曰：“譬似当初没你。”常人闻之，或谓其彻悟，识者闻之，以为悲痛之极致也。此词结尾二句与此正同。若能于此悟人，心死一番，或有彻悟之时。遂谓此为是，未见其可也。集中尚有《临江仙·送钱穆父》“一别都门三改火”一章，若以词致论，似较胜于今兹所说之作。其结尾曰“人生如逆旅，我亦是行人”，虽未必即到庄子所谓“送君者自涯而返，而君自此远矣”之境界，但亦悠然有不尽之意。其透出伤感，亦远过于适间所说之二语。苦水之终于弃彼取此者，其故有二。一者，彼为朋友，此为懿亲，己象他象之际，情感不免有厚薄之分，而透出遂亦不无难易之别。二者，兹余所选，不尽佳词，前已言之。但能藉彼篇什，尽我言说，足矣。苦水尚不敢轻量天下士，其敢遂以只手掩尽天下人耳目哉！

定风波

三月七日，沙湖道中遇雨。雨具先去，同行皆狼狈，余独不觉。已而遂晴，故作此词。

莫听穿林打叶声。何妨吟啸且徐行。竹杖芒鞋轻胜马，谁怕？一蓑烟雨任平生。　　料峭春风吹酒醒，微冷。山头斜照却相迎。回首向来萧瑟处，归去，也无风雨也无晴。

吾观大家之作，殆无不工于发端。不独孟德之“对酒当歌”、子建之“明月照高楼”也。此在作者未必有意，推其命篇之意，尤不必在此发端，竟工至如是者，殆以不甚经意之故。盖当其开端之时，神完气足，愈不经意，愈臻自然。至于中幅，学富才优者，或不免于作势，下焉者竟至于力疲。所以者何？有意也。迨及终篇，大家或竟罗掘，下者直落败阙。所以者何？意尽也。元乔梦符之论制曲，有风头、猪肚、豹尾之说，盖亦叹其难于兼备。吾谓此岂独然于曲，凡为夫文，莫不胥然矣。夫坡公之为是《定风波》也，其意在“一蓑烟雨任平生”与“也无风雨也无晴”乎？世人之赏此词也，其亦或在二语乎？苦水则以为妙处全在发端之“莫听穿林打叶声，何妨吟啸且徐行”，而尤妙在首句。即以此为潘大临之“满城风雨近重阳”，亦殆无不可，或竟过之，亦未可知。

何以故？潘老未免凄苦，坡仙直是自在也。且也曰“穿”，曰“打”，而风之“穿林”与雨之“打叶”，不徒使读者能闻之，且使如竟见之也。而冠之以“莫听”，继之以“何妨”，写景与用意至是乃打成一片。千载而下，吾人遂直似见风雨中髯翁之豪兴与雅量也。学人试持此与辛幼安《鹧鸪天》之“莫避春阴上马迟，春来未有不阴时”，比并而读之，则于吾所谓出入与透出、担荷者，或亦不复致疑矣乎？“一蓑”七字，尚无不可。然亦只是申明上二语之意。若“也无风雨也无晴”，虽是一篇大旨，然一口道出，大嚼乃无余味矣。然苦水所最不取者，厥维“竹杖芒鞋轻胜马，谁怕”二韵。如以意论，尚无不合。惟“马”“怕”两个韵字，于此词中，正如丝竹悠扬之中，突然铜钲大鸣；又如低语诉情，正自绵密，而忽然呵呵大笑。此且无论其意之善恶，直当坐以不应。所以者何？虽非无理取闹，亦是破坏调和故。是以就词论词，“料峭春风”三韵十六字，迹近敷衍，语亦稚弱，而破坏全体底美之罪尚浅于“马”“怕”二韵九字也。学人如谓苦水为深文周内，则苦水将更吹毛求疵。夫竹杖芒鞋之轻，是矣，胜马奚为？晚食当肉，安步当车，人犹谓其心目中尚有肉与车在，则此胜马，岂非正复类此。拖泥带水，不挂寸丝之谓何？透网金鳞之谓何？若夫“谁怕”，此是何事而用怕耶？或者将曰：此言谁怕，是不怕也。苦水则曰：无论不与非不，总之不能用怕。当年黄龙公举拳问学人曰：唤作拳头则触，不唤作拳头则背。东坡于此，纵使不背，亦忒煞触了也。吾不能起髯苏于九原而问之。学人如不肯苦水，则请别下一转语。莫只道苦水不识惭愧，只会去呵佛骂祖也。

南乡子

梅花词和杨元素

寒雀满疏篱。争抱寒柯看玉蕤。忽见客来花下坐，惊飞。踏散芳英落酒卮。　　痛饮又能诗。坐客无毡醉不知。花尽酒阑春到也，离离。一点微酸已着枝。

杨诚斋绝句曰:“百千寒雀下空庭，小集梅梢话晚晴。特地作团喧杀我，忽然惊散寂无声。”苦水早年极喜之，以为写寒雀至此，真不孤负他寒雀也。“特地作团”四字，令人便直头听见啁啾即足之声，说“喧杀我”，遂真喧杀我。“忽然惊散”四字，又令人直头觉得群雀哄然一阵，展翅而去，说“寂无声”，遂真个耳根清净，更没音响也。而持以与此“南乡子”开端二语相比，苦水不嫌他杨诗无神，却只嫌他杨诗无品。“寒雀满疏篱，争抱寒柯看玉蕤”，“满”字、“看”字，颊上三毫，一何其清幽高寒，一何其湛妙圆寂耶？便觉诚斋绝句二十八个字，纵然逼真杀，纵然生动煞，与苏词直有雅俗之分，又岂特上下床之别而已？便是“忽见客来花下坐，惊飞。踏散芳英落酒卮”，亦高似他“忽然惊散寂无声”。苦水并非压良为贱，更非胸有成见，一双势利眼直下看他杨万里，高觑他苏胡了。何以故？杨诗“惊散”之下，而继之以“寂无声”，是即是，只是死却了也。不然，也是澹杀了也。苏词“惊飞”之下却继之以“踏散芳英落酒卮”，虽不能比他“高馆落疏桐”，亦自余韵悠然。烂不济，亦比杨诗为宽绰有余。若道这个又是诗词之分，苦水听了，便只有大笑而起，更不置辩，一任具眼学人自去理会。若道苦水颟顸，杨诗意在写雀，故如彼，苏之《南乡子》，明题作“梅花词”，故而如此也。于此，苦水若说诚斋不是明明道他“小集梅梢”么？便是缠夹，不免另竖起葛藤桩子。辛稼轩《瑞鹤仙·赋梅》曰：“倚东风，一笑嫣然，转盼万花羞落。”苦水向日亦极喜之，以为从来写梅者不曾如此写，辛老子如此写了，真乃又使梅花既不失品格，而又活生生地与世人相见也。记得当年明公曾问苦水：此不是写杏花耶？尔时苦水便休去。及今思之，倚风嫣然，或是杏花。万花羞落，杏花纵转盼煞，却万万不办。然持以与此《南乡子》开端二语相比，又觉稼轩写来吃力，着色太浓，不如坡老笔下自在，情韵澹雅。学人或者又曰：老辛正面攻杀，老苏侧击旁敲，故尔如然。苦水曰：车行舟行，两可到家，吾辈只看他到家与否便得，分甚舟之与车？若说侧击旁敲，原自不无。但亦不过论文之土方便说法，立此假名，学人切勿执为实有，以致东西悠荡，不着边际也。此义大长，如今急于说词，姑止是。一首《南乡子》，高处妙处，只此开端二语。“忽见”二韵十六个字，苦水虽曾以之压倒诚斋之诗，与前两句衡量之，已有自然与人力之差。最糟是过片之“痛饮又能诗，坐客无毡醉不知”。“坐客无毡”自可，“醉不知”也去得，然已自嫌他作态自喜矣。若“痛饮又能诗”，则决是糟。不知怎地，后来诗人作品中只一说到自家之饮酒赋诗，纵不出丑，也总酸溜溜的。以文论之，到此之际，十九有拼补凑合之迹。且不可举他老杜之“此身饮罢无归处，独立苍茫自咏诗”。须看“无归处”是甚底情境？“立苍茫”是何等气象？到此田地说不说俱得，否则一说便不得也。又且不可举他彭泽老子之篇篇说酒。今且不须检阅全集，只如“忽与一觞酒，日夕欢相持”，后来哪个又有此胸襟情韵耶？老苏作此词时，虽曰纪实，亦不合草，以至今日竟向苦水手里纳却败阙也。至于歇拍两韵，有底喜他“一点微酸已著枝”一句。苦水却不然。学人问这“不然”么？苦水原拟待汝一口吸尽西江水时，再与汝说。如今也不必了。还记得苦水说《西江月》“照野弥弥浅浪”一章，论及词序、书札、题跋处否？倘若并不记得，只仍参此章开端二语亦得。参禅衲子好问：西来何意？这个与我辈今日无干。只今且道：那“寒雀”十二个字是何意？

南乡子

送述古

回首乱山横。不见居人只见城。谁似临平山上塔，亭亭。迎客西来送客行。　　归路晚风清。一枕初寒梦不成。今夜残灯斜照处，荧荧。秋雨晴时泪不晴。

坡公伤感之词，吾所选录，前此已有《木兰花令》及《临江仙》，并此一章，鼎足而三。然生离死别，其迹近似，出入变化，内容实殊。《临江仙》之送王缄，情溢乎辞，纯乎其为伤感者也。《木兰花令》笔力沉雄，气象阔大，盖于伤感有似超出，且加变化。说已详前，兹不复赘。至于斯篇，前片既叹人不如塔，亭亭无觉，迎送来去，后片复写残灯初寒，秋雨或歇，泪雨难晴。夫如是，则其伤感当至深矣。而试一观其命辞构语，工巧清丽，盖已不纯置身伤感之中，一任包围，但听支配；而已能冷眼情感之旁，细心观察，加意抒写。推究根源，一则任情，一则有想。夫情之与想，势难两大。此仆彼起，彼弱此强。当情盛时，想不易起。及想炽时，情必渐杀。古今中外，法尔如然。此则“送述古”之情固浅于“送王缄”，而《南乡子》之辞较工于《临江仙》者也。《孝经》有言，丧言不文。老聃亦云，美言不信。丧言不文者，意不暇及也。美言不信者，华过其实也。然则文事，难言之矣。言之无文，文之谓何？过饰藻丽，情或近伪。必也情经滤净，辞能称情，施之篇章，庶乎近之。是故伤感虽为创作源泉，苟无羁勒，譬彼逸马，即有骏足，适能覂驾。若其情不真挚，修辞虽巧，藻绘粉饰，徒成浮漂。吾于说词，屡及之矣。夫创作之源，厥本乎情，遣辞之工，实基于想。顾今所谓情、想二名，借自释氏，善巧方便，即何敢言。能近取譬，或助参悟。而哲人之想，一本理智，排斥感情。有如恶木遮山，伐木而山方出；乱草侵花，刈草而花始繁。其旨务在以想杀情。是其为想力求真实，排除虚妄，总归一有。若文士之想，间或不无藉助理性。要其本恉，乃在显情。有如画月者，月无可画，画云而月就。绘风者，风本难绘，绘水而风生。是其为想，今世所谓幻想、联想。固亦求真，而与彼哲人，标的不同，取经亦异。籀而绎之，判然别矣。苦水于是乃说坡词，藉资证明。临平山上，一塔亭亭，固已。若夫送迎去来，塔本无知，于彼何有？是则“亭亭”为真，而送迎也者，词人之想。秋雨曰晴，是已。泪既非雨，何有晴否？是则“秋雨”为真，而泪雨不晴，又词人所想也。以上二处，持较《临江仙》之“凭将清泪洒江阳，故山知好在，孤客自悲凉”，如以情论，则前者多伪，而后者多真。如以词论，则又前者较胜，后者较逊也。若是，其果伪者为优，真者为劣耶？丧言不文，美言不信，亶其然乎？然真者诚真，而伪者果伪耶？厨川白村之论文也，文学之真，科学之真，区分为二。世有二真，殆类戏论。吾兹窃谓：二者之外，当更别立哲理之真。真乃有三，大似呓语矣。自惭小智，屡经思维，迄于终竟，不得不尔。析其奥微，俟之明哲。而在英国淮尔德氏，乃复致慨于彼说谎之衰颓。是则于文，以伪立论。与吾中土古圣所谓修辞立诚，大相径庭。淮氏制作，未臻上乘。若其品性，时涉乖僻。至于斯论，虽类诡辩，实有可采，未可遽尔以人废言。吾国诗教，温柔敦厚。溯在往古，允当斯旨。汉魏以来，不失平实。洎乎六代，宗老、庄者惟旷达，崇释氏者尚空无。其有志于文之士，善感锐察，又刘彦和氏所谓"窥情风景之上，钻貌草木之中"者也。独于纪事长篇，奇情壮彩，推波助澜，甚苦无多。《孔雀东南飞》《木兰辞》，自推巨擘，终似贫弱。降及唐代，诗称极盛。其有作者，少陵之《北征》《奉先咏怀》，而其中心，究为小我。纵极张皇，亦伤局促。"三吏""三别"，虽近客观，既无主名，非纯叙述。自兹而下，益等自郐。白乐天氏之《长恨歌》，体制近是，而抒写铺叙纵使详明，补缀破碎，究未闳阔。众口脍炙，余无取焉。遥观西国，希腊之剧，荷马之歌，敻乎远矣。莎翁之巨制及十八世纪仿古之名作，吾国至今，仍属阙如。推其大原，何其非说谎衰颓之所致欤？顾维兹义，非数言可了。吾今说词，沿流讨源，聊发其端。因念坡公在黄州时，强人说鬼，昔者以为无聊，以为风趣，及今思之，情为作因，而想以佐情，伪以显真。此正坡老之文心，而说谎之妙用也。若然，则此临平之一塔，泪雨之不晴，殆尚其豹之一斑，而龙之半爪耶？

蝶恋花

暮春别李公择

簌簌无风花自堕。寂寞园林，柳老樱桃过。落日多情还照坐。山青一点横云破。　　路尽河回人转舵。系缆渔村，月暗孤灯火。凭仗飞魂招楚些。我思君处君思我。

一部《东坡乐府》，苦水只选他十首，人或不免嫌其太苛。而此一首《蝶恋花》居然入选，人将更笑苦水之抛却真金抱绿砖也。不须学人指摘，如今苦水且先自行检举一番。词题曰《暮春别李公择》，俨然是个截搭题。要说惜别本可包括时令，何须别标暮春？可见老坡于此，自己亦觉悟到前后片之少联络，盖前片之写暮春，既不露惜别，与后片之写惜别，更不见暮春也。为文终非写八股，只要过渡下去，便可打成两橛。计出无奈，只好写成恁样一个题目，聊作解嘲。学人莫捉苦水败阙，说：稼轩岂不亦有"读庄子闻朱晦庵即世"底一首《感皇恩》乎？何以日前说辛时如彼招，如今说苏时便如此搦耶？且莫致疑于苦水之一眼看高，一眼看低。试看老辛前半阕之"忘言""知道"，眼光直射到后半阕之"《玄经》遗草"，后半阕之"江河流日夜，何时了"，神情直回到前半阕之"梅雨霁，青天好"，便可证知他针线密缝，不似老苏此词之拆开来，东一片，西一片也。既如是，果何所取而录此词耶？也只爱他发端高妙耳。夫写春而写暮春，写花而写落花，诗人弄笔，成千累万，老苏于此，有甚奇特？试参他第一句“簌簌无风花自堕”，“簌簌”字、“自”字，真将落花情理写出，再不为后人留些儿地步。尤妙在“无风”，便觉落花之落，乃是舒徐悠扬，不同于风雨中之飘零狼藉。及至“堕”字，落花乃遂安闲自在地脚跟点地了也。“簌簌无风花自堕”之下，而继之曰“寂寞园林，柳老樱桃过”。澹沲之春光已去，清和之初夏将临。一何其神完气足？“落花相与恨，到地一无声”，妙句也。硬扭他落花，相与客情作么？“一片花飞减却春，风飘万点正愁人”，健句也。减春愁人，将何以堪？更有进者，“簌簌无风花自堕，寂寞园林，柳老樱桃过”，直透出天地之妙用，自然之神机，自然而然，行乎其所不得不行。人力既无可施，造化亦只任运。更不须说瓜熟蒂落、水到渠成也。到这里，虚空纵尚未成齑粉，而悲戚欢喜早已一齐百杂碎了也。不说品之高，即只此韵之远，坡公以前以后，词家有几个到得？学人莫只道他写景好。苦水当日读简斋诗，极喜他“归鸦落日天机熟”一句。今日持较苏词，嫌他简斋老子一口道破，反成狼藉耳。如论蕴藉风流，仍须是髯公始得也。大凡大英雄行事，岂必件件尽属惊天动地，但总有一二事，做到前人做不到处。大文人之作，岂必句句震古铄今，但总有一二语，说到前人说不出处。若不如是，屋上架屋，床下安床，纵非依草附木底精灵，也是贼德害道底乡愿。争怪得苦水为此两韵，录此一词？但两韵之后，“落日多情”十四字，读来总觉得硬骨碌地，不似坡公平日笔致之圆融。过片“路尽”两韵，吾观宋人之词，送别之作，往往写送客一程，居人独归之情景，坡词于此，想亦是也。“月暗孤灯火”，火字须是明字，修辞格律始合。今以为韵所牵，易明为火，不得，不得。如谓灯火二字合成一名，原无不可。但只着一孤字形容，未免凑合。结尾之“我思君处君思我”，虽乏远韵，亦自去得。但上句之“凭仗飞魂招楚些”，又何耶？《水浒传》里李铁牛大哥见了罗真人归来之后，乃云不省得说些甚底。苦水于苏词此处亦复不省得苏胡子说些甚底。或当是楚些招飞魂之意。若然，则又是削足适履了也。老坡此词，如是败阙。苦水今日一一分明举似学人，岂是苦水才情高似东坡，苦水更别有说在。赏观名家之作，一集之中，往往有几篇，一篇之中，往往有数语，简直一败涂地。数语在一篇，瑕不掩瑜，且自听之。几篇之在全集，何似删之为愈？如说前人有作，后人编集，不免求备，故有斯愚，则作者当时何如不作？作了又何必示人？这个便是中土文人颟顸处，不经意处。极而言之，不自爱惜处。何况词在北宋，尚未列入正统文学之中乎？然而有一利必有一弊底反面，却又是有一弊也有一利。更不用说短处即是长处。古人神来之笔，不必另起葛藤，即此《蝶恋花》发端两韵，苦水再三赞美而不能已者，也还是此颟顸、此不经意、此不自爱惜。刘彦和《文心雕龙·总术》篇曰：“执术驭篇，似善弈之穷数。弃术任心，似博塞之邀遇。”又曰：“博塞之文，借巧傥来，虽前驱有功，而后援难继。”又曰：“善弈之文，则术有恒数，按部整伍，以待情会，因时顺机，动不失正。数逢其极，机入其巧，则义味腾跃而生，辞气丛杂而至。”论文之文，善巧方便，一至于此，而其行文，亦复大有“义味腾跃而生，辞气丛杂而至”之乐。苦水只有顶礼赞叹，而又虽不能至，心向往之矣。但苦水却亦有小小意见，要共者位慧地大师理会一向。博塞之文，不如善弈之文，此在学人参脩，原自不误。若大家创作，神游物化，却不拘拘于此。所以陆士衡曾说“或竭情而多悔，或率意而寡尤”也。若邀遇绝对不如穷数，陆氏便不如是说了也。诚如彦和所云善弈强似他博塞，何以下文又说“以待情会，因时顺机”乎？所谓情会与时机者，岂非仍有类于博塞邀遇底“遇”耶？如只任术便得，尚何须乎机与会之顺与待耶？即以博弈而论，谚亦有云：棋高无输，牌高有输。其故亦在穷术与任运，饶你赌中妙手，无如牌风不顺，等张不来，求和不得，仍是大败亏输。若棋则不然，高手决不会输。若偶尔漏着，输却一盘，定是棋术尚未十分高妙也。然而此亦言其常耳。若是手气旺盛，则虽赌场雏手，无奈他随手掷去，尽成卢雉。此则东坡词中所谓六只骰子六点儿，赛了千千并万万者。饶你多年经验，不免向他雏手手中，落花流水一般纳败阙也。若是着棋却不然。纵使高手，倘遇劲敌，所差不过一子半子，即便费尽心机，赢则决定是赢，而所赢仍不过此一子半子，决定不会楸枰之上，黑子尽死，白子全活也。虽曰文事不能全类博弈，然而那颟顸，那不经意，甚至那不自爱惜，有时如着棋，真能输却全盘。若是如赌博，忽然大运亨通，合场彩物便尽归他一人手里。若然则坡老此词之开首两韵，其博塞之遇来，是以如有神助，而其以下直至歇尾，又其弈棋之术疏，是以全军俱覆也乎？

减字木兰花

钱塘西湖有诗僧清顺，所居藏春坞，门前有二古松，各有凌霄花络其上，顺常昼卧其下。时余为郡，一日屏骑从过之。松风骚然，顺指落花求韵，余为赋此。

双龙对起。白甲苍髯烟雨里。疏影微香。下有幽人昼梦长。　　湖风清软。双鹊飞来争噪晚。翠飐红轻。时下凌霄百尺英。

两株古松，上络凌霄，而清顺却常昼卧其下，者位阇梨，忒煞风流。而东坡又屏骑从过之，且为此作小词，者位太守，也忒煞好事。虽公案分明，而往事成尘，如今也不索掂掇。且就此小词，与学人葛藤一番。“双龙对起”，妙哉，妙哉，便真有拔地百尺、突兀凌云之势也。“白甲苍髯”，着迹矣，尚自可。“烟雨里”，倘不是真指烟雨，便不知其何所指；倘真指烟雨，不与“昼梦长”牴触耶？如谓“烟雨里”谓特殊有雨之时，“昼梦长”言其常也。然则常之与殊，于此连续说之，不益相矛盾耶？“疏影微香”，其指凌霄花矣。“下有幽人昼梦长”，此大似隐士，岂复是和尚，殆欲逃禅矣乎？“湖风清软”，恰好，恰好。若只是两株古松，着此四字，不得，不得。为是松上络有凌霄花，得也，得也。“双鹊飞来”，无不可，但何必定是双？若再一边树上一个，不足呆相，亦是笑话了也。“争噪晚”，着一噪字，与清软之湖风又抵触矣，是又大不可者也。若道尔时，恰值有双鹊在松上争噪，苦水于此，将大喝一声：有也写不得。而况“疏影微香”之中，幽人梦长之际，噪已不可，争个什么？一争，一噪，好容易拈出清软，与影与香与人与梦融成一片，至是，俱被他搅得稀糟，使不得也。此又是苏长公颟顸处、不经意处、不自爱惜处。苦水亦不复替他谦了也。夫如是，苦水之于此词，半肯半不肯，选而说之，何为也？只为他“翠飐红轻，时下凌霄百尺英”二韵，割舍不得而已。学人莫只看翠之飐，红之轻。若只如是，又是错认驴鞍桥作阿爷下颏。近代修辞论文，有所谓形容与描写之二名也者。苦水不怨此二名误尽天下苍生，却只惜有许多学人错认却定盘星，以致自误。处处寻枝摘叶，时时撅斤播两。自夸形容之工，描写之细，其实十足地心为物转，将境杀心，沉沦陷溺，永无觉醒。熏习日甚，只成诗匠，更非诗人，简直自救不了，说甚超凡人圣！所以苦水平日堂上说诗，每每拈举韩翰林“惜花”一章，警戒学人。若说此诗之“皱白离情高处切，腻红愁态静中深”，亦自煞够工细。亦自为他贴将去，脱不开，死却了，不肯活，更无半点高致，不须再检举他无神韵也。有一塾师出杜诗“好雨知时节”题，令其弟子作五言八韵底试帖诗，即得时字。一本卷子中有一联曰：“不先还不后，非早亦非迟。”说时迟，者老夫子一见此诗，便扯将那学生子过来，教他自读此十字一过；那时快，更不说甚青红皂白，他痛痛地与他二十戒尺。完了方说：“我只打你个不先还不后，非早亦非迟。”若说不先不后，非早非迟，岂不扣得那杜诗“好”字、“知”

字、"时节"字，严严地、密密地？但二十戒尺打得定是，决不冤枉那学生子也。至如苏词之"翠飐红轻"，岂可与此学生子之低能相提并论？亦尚还不至如"致尧"那两句之呆板。苦水何必如此神经过敏，哓哓不休？不见道涓涓不塞，将成江河。又道南辕北辙，发脚便错。只缘婆心，遂成苦口耳。至于"时下凌霄百尺英"，又是前说所谓坡老底赌运亨通。王静安先生说宋景文之"红杏枝头春意闹"曰："着一'闹'字，而境界全出。"难道苦水于此不好说：着一"下"字而境界全出耶？一个"下"字，抉出神髓，表出韵致，无意气时添意气，不风流处也风流。尚何有乎形容与描写，何处更着得工与细耶？学人于此会得，苦水得好休时便好休。倘不，苦水更有第二杓恶水在。北宋以后，词人咏物之作，正文不露题字。苦水曰：他自作灯虎，我无闲心哄他猜谜；他自绕弯子，莫更怪我不陪他吃螺蛳也。坡公于此，明点出凌霄花，吾辈今日难道不能赏其"下"字之妙耶？夫凡花之落，皆可曰下，此有甚奇特？然而须理会得此是凌霄花百尺之英，自古松白甲苍髯里，徐徐坠落，所以是下也。莫又怪苦水何以知其徐徐，不曰"湖风清软"乎？准物理学，苟无空气之阻隔，物之下坠，同此迟速，无分重轻。但大气之中，花体本轻，高处坠落，只缘阻隔，更觉徐徐。且凌霄之花朵较大，花色金红，而其落也，不似他花碎瓣离萼，而为全朵辞枝。试思昼卧百尺之树下，仰见苍髯之枝间，忽然一点金红，悠悠焉，渐降渐低，愈落愈近，安然而及地焉。盖良久，良久，而又一点焉。良久，良久，而又一点焉。不说下，而将奚说耶？莫又怪苦水何以知其是良久一点也。苦水于此，更自叹息，说词至是，惹火烧身。夫文士为文，亦须格物。凌霄之落，既不是风飘万点之愁人，亦不似桃花乱落之红雨也。凡夫落朵而不落瓣之花，当其落也，盖无不是如此之良久，良久，而始一点也。不道是“下”，道个什么？苦水说时，用坠、落、降等字，只是不得已而用之。先自供出，省得又被告发。“时下”，本或作“时上”。大错，大错，决不可从。试问甚底上？又上个甚底？莫是双鹊上他凌霄么？笑杀，笑杀。两个野鹊上在花上，有甚风光？若再问：者个较之上章“簌簌无风”一句，何如？苦水则曰：那个多，者个少。者个是朵，那个是瓣。那个若是自然底大机大用，者个只是道心底虚空昭灵。不会么？不会。者里尚有个末后句在：者个只是个无意。莫见苦水如此说，便又大惊小怪。不见古德说达摩西来，也只是个无意。好好一首《减字木兰花》，今被苦水说东话西，肢解车裂，真真何苦。其实一部《东坡乐府》，其中好词，亦俱不许如此说。然而苦水十日之间，居然说了整整十首。虽然心不负人，面无惭色，也须先向他东坡居士忏悔，然后再向天下学人谢罪。

附　录

吾拟说苏词，选目既定，细检一过，而觉诸选家所俱收，或盛脍炙人口而未入吾录者，得五首焉。夫诸家俱选，且盛脍炙矣，是有目共赏之作也，将不须吾之说耳。初故舍之。然吾于此五章，亦不无欲言者在。故终取而略说之。汇为说苏之附录云尔。

卅六年九月霍乱预防之际，苦水识于净业湖南之倦驼庵。

念奴娇

赤壁怀古

大江东去，浪淘尽、千古风流人物。故垒西边，人道是、三国周郎赤壁。乱石穿空，惊涛拍岸，卷起千堆雪。江山如画，一时多少豪杰。　　遥想公瑾当年，小乔初嫁了，雄姿英发。羽扇纶巾，谈笑间、强虏灰飞烟灭。故国神游，多情应笑我，早生华发。人生如梦，一樽还酹江月。

坡公以此词得名。世之目坡词为豪放，且以苏与辛并举者，亦未尝不以此词也。吾于论词，虽不甚取豪放之一名，然此《念奴娇》，则诚豪放之作。"大江东去，浪淘尽、千古风流人物"，本极可悲可痛之事，而如是表而出之，遂不觉其可悲可痛，只觉其气旺神怡。即其过片"故国神游"以下直至结尾，亦皆如是。更无论其"江山如画"两句及"遥想公瑾当年"以下直至"灰飞烟灭"之两韵也。然谓之豪放即得，遂以之与稼轩并论，却未见其可。辛词所长：曰健，曰实。坡公此词，只"乱石"三句，其健、其实，可齐稼轩。即以其全集而论，如谓亦只有此三句之健、之实，可齐稼轩，亦不为过也。全章除此三句外，只见其飘逸轻举，则仍平日所擅场之出字诀耳。即以飘逸轻举论，亦以前片为当行。若

念奴娇（大江东去，浪淘尽）

过片则浮浅率易矣，非飘逸轻举之真谛也。公瑾之雄姿英发，何与小乔之嫁？然如此说，尚无不可。若夫强虏，顾可谈笑间使之灰飞烟灭耶？昔读左太冲《咏史》诗曰："左眄澄江湘，右盼定羌胡。功成不受爵，长揖归田庐。"以为功成身退或尚不难，若江湘左眄而澄，羌胡右盼而定，遂开文士喜为大言之风气，窃尝笑其如非欺人，定是不惭也。坡词于是，虽谓周郎，而非自谓，然其神情，无乃类之。至"故国神游"，想指三国。"多情应笑"，其谓公瑾乎？"早生华发"，则自我矣。然三语蝉联，一何其无聊赖耶？稼轩之"不恨古人吾不见，恨古人不见吾狂耳"，人或犹嫌之，而况此之空肤耶？煞尾二句，更显而易见飘逸轻举之流为浮浅率易。至于后人学之不善，成为滥调，则后人自负其责。苦水尚不忍以是为坡公罪。

水调歌头

丙辰中秋,欢饮达旦,大醉,作此篇,兼怀子由

明月几时有，把酒问青天。不知天上宫阙，今夕是何年。我欲乘风归去，又恐琼楼玉宇，高处不胜寒。起舞弄清影，何似在人间。　转朱阁，低绮户，照无眠。不应有恨，何事长向别时圆。人有悲欢离合，月有阴晴圆缺，此事古难全。但愿人长久，千里共婵娟。

东坡之作,举世所钦,震铄耳目,首推前篇。沦浃髓骨,厥维此章。何者?《念奴娇》篇,大气磅礴,易于骇俗;《水调歌头》情致圆熟,善中人意也。以余观之,此章精华乃在前片之琼楼玉宇,高处自寒,起弄清影,人间可住耳。西国诗人,信道之士,时或赞美大神,倾心天国,唾弃现实,向往永生。其有抱愤怀疑,崇情尚智,又复鄙薄往生,别寻乐土,执着地上,歌咏人间。窃谓二者俱非所论于中土。则以吾国智士,习论性天,否亦喜庄列者每任自然,崇释氏者辄宗空无。虽有三别,实归一玄。缀文之士,专命骚雅;逊世之士,托身岩阿,大都不免纵情诗酒,流连风月。至于发愤抒情,慷慨悲歌,献酬奉酢,歌功颂德,尚匪所论。综上以观,韵文神致,西国中土,实不同科。故夫高举者既非同乎热

水调歌头（明月几时有）

烈之信仰，而住世者仍有异于现实之执着也。吾曩者读苏词此章前片之“不知”以下直迄“人间”，颇喜其有与西洋近代思想相通之处。及今思之，坡公之意，若有若无，惟其才富，故纵情而言，自具高致。与彼西士有意入世，固自不同。朱敦儒《鹧鸪天》词曰“玉楼金阙慵归去，且插梅花醉洛阳”，与此相近。惟朱语浅露，易见作态；坡词朗润，遂更移人。究其源流，尚非异致。韩吏部诗曰：“我能屈曲自世间，安能从汝巢神山？”则语意愤激，未若坡老情致酝藉矣。过片而后，圆融太过，乃近甜熟。此在长公，放情称意，不失本色。从来学人步趋失真，滋多流弊，吾意弗善，不复费辞。

水龙吟

次韵章质夫杨花词

似花还似非花，也无人惜从教坠。抛家傍路，思量却是，无情有思。萦损柔肠，困酣娇眼，欲开还闭。梦随风万里，寻郎去处，又还被，莺呼起。

不恨此花飞尽、恨西园、落红难缀。晓来雨过，遗踪何在，一池萍碎。春色三分，二分尘土，一分流水。细看来，不是杨花，点点是，离人泪。

静安先辈之论词，吾所服膺，其论咏物之作，首推是篇。又曰："和韵而似元唱。"苦水则不以其似元唱而喜此词。或吾于诗词，不喜咏物之作之故耶？总之，不复能强同于王先生而已。少陵之诗有拙笔而无俗笔，太白有俗笔矣。稼轩之词有率笔而无俗笔，髯公有俗笔矣。此或以才虽高，而学不足以济之，即李与苏之于诗词，稍不经意，犹不免于俗耶？吾于上章，不取过片，即嫌其近俗，然犹未至于俗也。至于是篇，直俗矣。前片开端至"呼起"，滥俗类如元明末流作家之恶劣散曲。"抛家傍路""寻郎去处"，其尤显而易见者也。过片"不恨"两句，可。然曰"恨西园、落红难缀"，则无与于杨花也。"晓来雨过""一池萍碎"，好。虽不免滞于物象，乏于韵致，而思致微妙，可喜也。嫌他"遗踪何

水龙吟(似花还似非花)

在”一句楔在中间，累玉成瑕耳。“春色”三句，苦水不理会这闲账。结尾“是离人泪”，苦水直报之曰：不是，不是，再还他第三个不是。几见离人之泪如斯其没斤两也耶？亏他还说是细看。因知老坡言情并非当家。刻骨铭心，须让他辛老子出一头地。

蝶恋花

春　景

花褪残红青杏小。燕子飞时，绿水人家绕。枝上柳绵吹又少。天涯何处无芳草。　　墙里秋千墙外道。墙外行人，墙里佳人笑。笑渐不闻声渐悄。多情却被无情恼。

笔记谓朝云每歌“枝上柳绵”二句，便如不胜情。又谓其随坡至南海，日诵二语，病极犹不释口。而朝云既没，子瞻亦终身不复听此词。吾意此说或当不虚。然陆平原曰：“落叶俟微风以陨，而风之力盖寡。孟尝遭雍门以泣，而琴之感以末。何者？欲陨之叶，无所假烈风；将坠之泣，不足繁哀响也。”彼朝云之有动于此二词也，此物此志也夫。而王渔洋氏乃曰：“枝上柳绵，恐屯田缘情绮靡，未必能过，孰谓坡但解作‘大江东去’耶？髯直是超伦绝群。”夫超伦绝群，或者不无。若缘情绮靡，直恐未必。何者？心与物既为缘，情与致即俱生。二语致过于情，是以出而非入。虽曰柳绵渐少，芳草遍生，有情于此，不免伤春。然柳绵之少，无大重轻，芳草青青，至可玩赏，况乃天涯无处而非芳草，则吾人随地皆可自怡，吾之所云致过于情、出而非入者，不益信耶？试再以辛词“待得来时春尽也，梅结子，笋成竿”，与此相较，则吾之言不益明耶？苟其吹毛求疵，挦章扯句，不独天涯芳草，已嫌于损情而益致，而枝上柳绵尤为不揣本而齐末。此不当云枝上柳绵耶？枝为遍名，总赅万木，柳乃特举，何有众枝？虽然，吾如是说，聊为学人修辞警戒，非于坡公深文周内。彼自豁达，不妨疏润耳。至于过片，如非滥俗，亦近轻薄，说详上章，不复述焉。

卜算子

黄州定慧院寓居作

缺月挂疏桐，漏断人初静。谁见幽人独往来，飘渺孤鸿影。　　惊起却回头，有恨无人省。拣尽寒枝不肯栖，寂寞沙洲冷。

附录五篇，吾肯此章。如是短什复三“人”字，豁达可想，无事吹求。“缺月”二语，境况幽寂，幽人之幽，坡老自道。鸿影飘渺，既实指鸿，又以自况。“惊起”者何？人为鸿惊也。“回头”者谁？东坡老人也。“有恨”者，人与鸿同此恨也。“无人省”者，坡公有触，他人不省也。结尾二语，谓鸿不栖树，自宿沙洲，无枝叶之托庇，有霜露之侵陵也。所谓“恨”者，其指此也。于是而人之与鸿，一而二，二而一，不复可辨也。若是，则吾于此词殆全肯矣。竟不入选而归附录者，抑又何耶？吾于是几无以自解。然而有说焉。以文字之表现论，如是即可。如以意境论，则是固吾国诗人千百年来之传统，而非坡公之所独有也。文士之文，固不可刻意怪险，以致自外于天理人情；亦不可坠落坑堑，以致无别于前贤旧制。坡老此作，尚不至如吾后者所云。然格调既暗合乎曩篇，即酸咸乃无殊乎众味。况乎风骨未甚遒上，以诏后学，易生枝蔓者哉。如曰：苦水虽复哓哓苦口，亦属鳃鳃过虑。人娶少妻，极相爱悦，既见妻母皤然一婆，归而出妻。亲朋诧异，询其何说。乃云："日后吾妻必类其母。"苦水于此，正复如然。顾学者立身，希圣希贤，释者发心，成佛作祖。取法乎上，仅得乎中。防微杜渐，着眼不妨略高耳。此自吾意，不关苏词。私心不满，匪宁惟是。忆吾每诵此章，辄觉虽非恶鬼森然扑人，亦似灵鬼空虚飘忽，只有惝恍，了无实质。即彼天仙不食烟火，吾犹弗喜，矧此鬼趣无与人事者哉？或曰：《楚辞·山鬼》，子亦将如是说之耶？则曰：屈子之作，离忧后来，艰难辛苦，命曰《山鬼》，实皆世谛，未似苏公之虽曰"幽人"，乃只幽灵，踢曰"有恨"，徒成幽恨也。吾如是说，人或不谅。言发由衷，吾意至诚，岂独于苏词，轩轾殿最一准乎是，吾于一切前贤篇什，无不如此。即吾个人学文，创作批评，取径发足，亦复胥然也。

后叙

苦水既说辛词竟，于是秋意转深，霖雨间作，其或晴时，凉风飒然。夙苦寒疾，至是转复不可聊赖。乃再取《东坡乐府》选而说之，姑以遣日。所幸事少身暇，进行弥速，凡旬有二日而卒业。复自检校，不禁有感，乃再为之序焉。《典论》之论文也，曰：“文以气为主。”而继谓：“气之清浊有体，不可力强而致。”曰“清浊”，曰“有体”，曰“不可力强”，则子桓所谓气者，殆气质之气，禀之于文者也。吾读《论语》，不见所谓气，至孟氏乃曰：“我善养吾浩然之气。”王充《论衡·自纪》篇曰：“养气自守。”吾于浩然无所知，姑舍是。若仲任之意，乃在养生，与子舆氏似不同旨。以气论文，文帝之后则有彦和。《文心雕龙》，篇标《养气》。盖至是而子桓之气，孟氏之养，并为一名，施之论文。顾刘氏曰：“神之方昏，再三愈黩，是以吐纳文艺，务在节宣。清和其心，调畅其气，烦而即舍，勿使壅滞。”语意至显，义匪难析。约而言之，气即文思，故其前幅有曰“志盛者思锐以胜劳，气衰者虑密以伤神”也。是与子桓亦正异趣。至唐韩愈则曰：“气盛则言之长短高下皆宜。”至是气之于文，始复合流孟子所言浩然之气。故苏子由直谓气可以养而至。自是而后，文所谓气，泰半准是。子桓言气，授自先天，韩氏曰盛，苏氏曰养，尽须乎养，养之始盛。是则后天熏习，大异文帝所云不可力强者矣。及其末流，乃复鼓努为势，暴恣无忌，自命豪气，实则客气。施之于文，既无当于立言，存乎其人，尤大害于情性。吾于论词，不取豪放，防其流弊或是耳。世以苏、辛并举，双标豪放，翕然一词，更无区分。见仁见智，余不复辩。今所欲言，乃在二氏之同异。吾于说中已建健、实之二义，为两家之分野。说虽非玄，义尚未晰，今兹聊复加以浅释。东坡之词，写景而含韵；稼轩之作，言情以折心。稼轩非无写景之作，要其韵短于坡。东坡亦多言情之什，总之意微于辛。至其议论说理，统为蹊径别开。而辛多为入世，苏或涉仙佛。说中所立出入二名，即基乎是。世苟于是仍不我谅，我非至圣，亦叹无言矣。吾尝稽之史编，汉、魏以还，庄、列之说，变为方士，极之为不死，为飞升。大慈之教，蜕为禅宗，极之为参学，为顿悟。其继也，流风所被，举世皆靡，善玄言者以之为指归。说义理者，藉之见心性。而诗家者流，未能自外，扇海扬波，坠坑落堑。即以唐代论之，太白近仙，摩诘宗佛，其著者矣。其在六代，翘然杰出，不随时运，得一人焉，曰陶元亮。其为诗篇，平实中庸，儒家正脉，于焉斯在，醇乎其醇，后难为继。其有见道未能及陶，而卓尔自立，截断众流，诗家则杜少陵，词人则辛稼轩。虽于世谛未能透彻，惟其雄毅，一力担荷，不可谓非自奋乎百世之下，而砥柱乎狂澜之中者矣。至于东坡，虽用释典，并无宗风。故其诗曰："溪声便是广长舌，山色岂非清净身。"又曰："两手欲遮瓶里雀，四条深怕井中蛇。"若斯之类，于禅无干，吃棒有分。倘其有悟，不为此言矣。即其词集，凡作禅语，机至浅露。如《南歌子》“师唱谁家曲”一章与“浴泗州雍熙塔下”之《如梦令》二章，虽非谰言，亦属拾慧。固知髯公于此，非惟半涂，直在门外也。昔与家六吉论苏诗，六吉举其《游金山寺》之“怅然归卧心莫识，非鬼非人定何物”，谓为老坡自行写照。相与轩渠。夫非鬼非人，殆其仙乎？其诗无论。即吾所选，如《南乡子》之“争抱寒柯看玉蕤”，《减字木兰花》之“时下凌霄百尺英”，皆净脱尘埃，不食烟火。又凡其词每作景语，皆饶仙气，而非禅心。吾向日甚爱其《水龙吟》之“推枕惘然不见，但空江，月明千里”，与《满江红》之“忧喜相寻，风雨过，一江春绿”，谓有禅家顿悟气象。今则以为前语近是，然集中亦只此一处。后者仍是词家好语，作者文心，特其阔大有异恒制耳。然则东坡之词，于仙为近，于佛为远，昭然甚明。远韵移人，高致超俗，有由来矣。或曰：在道在禅，同出非入，意态至近，区分胡为？则以禅家务在透出，故深禅师致赞美透网金鳞。明和尚谓：“争如当初并不落网？”深师诃之以为欠悟。若夫道流务在超出，故骑鲸跨鹤，翼凤乘鸾，蝉蜕尘埃，蹴踏杳冥，沧溟飞过，八表神游，虽亦不无神通变化，衲子视为邪魔外道者也。至两家于“生”，町畦尤判。道曰长生，佛曰无生。道家为贪，佛家为舍矣。纵论及此，实属赘疣，自维吾意在说韵致。学人用心，其详览焉。抑吾观东坡常不满于柳七，然《乐章集·八声甘州》之“霜风凄紧，关河冷落，残照当楼”，坡尝誉之，以为此语于诗句不减唐人高处。坡公此言，或谓传自赵德麟，或谓传自晁无咎，赵晁俱与苏公过从甚密，语出二子，皆当可谓。然则坡所致力，可得而言。夫柳词高处，岂非即以高韵远致，本是成篇，故其写悲哀，既常有以超出悲哀之外；其写欢喜，亦复不肯陷溺于欢喜之中。疏写景物，遥深寄托，情致超出，于是乎见。柳词既为坡公所誉，坡公为词时，八识田中必早具有此种境界，可断言也。今吾所选，若《木兰花令》之"霜余已失长淮阔"，《蝶恋花》之"簌簌无风花自堕"，以及集中凡作景语，高处皆然。至《永遇乐》之前片，又其变清刚而成绵密，去圭角以为圆融者也。向说辛词《青玉案》之"众里寻他"三句，以为千古文心之秘。而辛词混杂悲喜而为深，故当之入。苏词超越悲喜而为高，故偏之出。吾如是说二家之词，豪放之义早已不成，豪气一名，将于何立矣？是故稼轩非无景语，要在转景以益情；东坡亦有情语，要在抒情以寄景。吾于说中已略及之，学人于是将更不疑吾为戏论也。夫写情之词，而有耆卿，出语淫鄙，为世诟病。宋人诗话载：东坡谓少游曰："不意别后，公却学柳七作词。"少游曰："某虽无学，亦不如是。"东坡曰："'销魂当此际'，非柳七语乎？"审如是，则东坡于词，其作情语，所立标的，亦可准知。顾情之一名，义有广狭。凡夫生缘所遇，感动触发，举谓之情，此则广义。至若男女两性悲欢离合，是所谓情，乃是狭义。广狭虽分，渊源无别。取其易晓，始举后者。孔子说诗，其谓"《关雎》乐而不淫"，《大序》乃曰："不淫其色。"混淆视听，殊乖蕉旨。金圣叹氏卤莽灭裂，遂谓好之于淫，相去几何。以吾观之，中土文人每写女性，既轻蔑其人格，遂几视为异类。声色狗马，同为玩好；子女玉帛，尽等货币。其在前古，尚不至是。降自六代，遂乃同声。则以文人多习官妓之歌舞，尽忘良家之德性，坏心术，伤风化，庸讵尚有甚于是者乎？诗教滋衰，民族不振，自命风雅，实则淫鄙。唐代之诗，尚多蕴含；宋代之词，至成扇炀。有心之士，作品之中务避异性，欲求雅正，乃成枯淡。先圣有言："食色，性也。"意在创作，至忘本性，缘木求鱼，是之谓夫。伟哉居士，呵彼屯田，不唯具眼，实乃自爱。然吾读其词，除"十年生死两茫茫"之《江城子》外，缘情之作，未臻骚雅。即非玩弄，亦为玩赏。不过昔者视如犬马，坡公拟之琴鹤，较之柳七，五十步百步之间耳。佛法平等，既未梦见，儒曰同仁，夐乎远矣。以视稼轩之作，苏公不独逊其真情，亦且无其卓识。是以吾取稼轩写情，东坡写景。世乃于苏徒喜其铁板铜琶，于辛亦只赏其回肠荡气。口之于味，即有同嗜，味之在舌，乃复异觉。则吾之说辛、说苏，真有孟氏所云不得已者在耶？自维素性褊急，习成疏阔，学识既苦谫陋，思想亦未成熟，篇中立说或有矛盾，二三子须会马祖前说即心即佛、后说非心非佛之旨。务通意前，勿死句下。孟氏有言："人之患在好为人师。"如苦水者，敢居表率倡导之列？然舌耕为业，既已有年，会众听讲，为数不鲜。德不称师，迹实无别。古亦有云："师不必贤于弟子。"诸子有超师之见，吾之是说，譬之椎轮大辂可，以之覆瓿引火亦无不可。如其不然，不得错举。至于行文，体每苦杂，语时不达。则以平生学文，鲜为散行，七载以来，衣食逼迫，疾病纠缠，愈少余暇，留心此事。今兹说词，每于率兴信手，辄复逾闲荡检。或亦稍求工整，亦非务事艰深。盖仿诸语录者，成之稍易，疏乃滋甚。自觉此病，一至古人篇章理致细密，情趣微妙，吾之说即专用文言，力排语体，下笔较迟，用心庶密耳。复次，口语用字，含义未周。未若文言，所包为广。纪述情事，或尚不觉，说明义理，方知其弊，维兹短说，并非宏著。文章得失，尚在其次。所冀海内贤达，见其俳谐之辞，不视为戏论；遇其恢诡之笔，勿目为怪诞。鉴其至诚，知其苦心，庶乎彼此两不相负。然而不虞求全，责虽在我，报毁致誉，岂能自必。言念及此，弥深慨叹矣。至吾自视，说苏较之说辛，用心较细，行文较畅。此是我事，无关他人。又凡书之有序，类冠诸篇之前。吾之是序，乃置诸文后。吾向于说辛之序，曾有所谓综合、补足与恢宏者。此序之旨亦复如是。夫既曰综合、补足与恢宏矣，自应后附，方合条贯。若夫前贤之作，马迁之自序，班氏之叙传，体既弗同，岂敢援以为例。《论衡》之《自纪》，《雕龙》之《序志》，意亦有殊，不必引以解嘲。盖吾之自叙，实等于结论尔。至其泛滥枝蔓，吾亦自知之。

卅二年九月十日苦水自叙于旧京净业湖南之倦驼庵